転生ババァは見過ごせない！1
～元悪徳女帝の二周目ライフ～

ナカノムラアヤスケ

Ayasuke Nakanomura

Regina

RB

レジーナ文庫

登場人物紹介
ラウラリス
「悪徳女帝」と呼ばれた
エルダヌス帝国の最後の皇帝。
自身の死をもって世界平和を成し遂げた
……はずが、なぜか少女に若返っていた!
第二の人生は自由に生きようと
決意する。

ユミル
イノフの妻。ラウラリスの二度目の人生でできた初めての友人。イノフのことが大好き。
イノフ
ユミルの夫。強面なので頑固そうに見えるが、実は柔軟な思考を持っている。
ヒルズ
町の警備隊の隊長。責任重大な役職を任されたために気負いすぎて空回りすることもあるが、非常に真面目で仕事熱心な青年。
グスコ
そこそこ腕が立つ銅級《ブロンズ》ハンター。穏やかであるが、勘が鋭い。ラウラリスの強さを認めている。

目次

転生ババァは見過ごせない！1

～元悪徳女帝の二周目ライフ～

プロローグ　よくある話の舞台裏

──ここまで来るのに、随分《ずいぶん》と時間がかかったものだ。

玉座に座る一人の老婆は、かつて己《おのれ》が走り抜けた軌跡《きせき》に思いを馳《は》せた。

「皇帝陛下！」

広間に転がり込むように駆けてきた伝令が、息を切らしながら玉座の前で膝を屈《くっ》する。

「無礼をお許しください！　ですが、至急お伝えせねばならぬことが──」

「よい。申せ」

顔を青ざめさせながらも、それでも己《おのれ》の役割を果たさんとする彼に、老婆は端的に許可を出した。

「はっ！　ぐ、グランバルド様が『勇者』と交戦し──討《う》ち死《じ》にいたしました！」

「…………そうか。あやつが逝《い》ったか」

伝令の様子──そして彼と最後に会った時のことを思えば、予想できた結果だった。

老婆は己《おのれ》の内面をおくびにも出さず、伝令に告げる。

「お前に沙汰《さた》を下す」

「は……はっ！」

任を果たした伝令は、躰《からだ》を震わせる。

この老婆の名は――帝王ラウラリス・エルダヌス。

エルダヌス帝国の頂点に君臨する女帝。

かつては傾国の美女と称されたほどの美貌の持ち主であり、齢《よわい》八十を超えた今もなお、見る者に在《あ》りし日の美しさを彷彿《ほうふつ》させる。

そして、帝国軍の中においては、今となっても並び立つ者がいないほどの武勇を誇《ほこ》っていた。

美しくも老いた外見に惑わされ、反逆を試《こころ》みた愚者《ぐしゃ》は、ことごとく彼女の手によって断罪されてきた。

苛烈《かれつ》にして残虐《ざんぎゃく》。悪辣《あくらつ》にして非道。

逆らう者には容赦《ようしゃ》なく、服従した者にすら冷酷。

恐怖と暴力によって帝国を統治し、さらには帝国のみならず、周辺にある多くの国を圧倒的な武力で支配してきた。

伝令の目の前にいるのは、世界の統一にあと僅《わず》かというところまで手を伸ばした存在。

そんな彼女の許しを得ず、玉座の間に入るという無礼を働いたのだ。

伝令は己《おのれ》の末路を想像し、それでも任を果たした誇《ほこ》りだけを最後の拠《よ》り所《どころ》として女帝の言葉を待つ。

「今より、お前の任を解く」

「——え？」

「以降、エルダヌス帝国に義理立てする道理は一切ない。好きにするがよい」

「お、恐れながら。それはどういった……」

あまりにも予想外すぎる女帝の下知《げじ》に、伝令は困惑する。頭が言葉の意味を理解できず、畏怖《いふ》を抱《いだ》く相手でありながらも問いかけてしまう。

「だぁかぁらぁ、逃げたかったらさっさと逃げろってこったい」

女帝の座する広間に、新たに三つの人影が現れた。

混乱する伝令に助け舟を出したのは、そのうちの一人だ。

「し、四天魔将様《してんましょう》!?」

——四天魔将。

広間に現れた三人に、先ほどの戦いで討《う》たれたグランバルドを含めた四人は、帝国を支配する女帝の腹心中の腹心だった。

そのうちの一人の男は、投げやりに伝令へと告げる。

「俺たちを『様』付けする義理はもうねぇよ。だって、お前さんはもう帝国に属するもんじゃねぇからな」

その男は、女性の胴体ほどの太さの腕――ありふれた表現ながらも、決して大仰ではない――を持っていた。『屈強《くっきょう》』という形容を具現化したような体躯《たいく》を誇《ほこ》り、顔を除く全ての部位に重厚な鎧《よろい》をまとっている。

「わからなくて？　もうあなたは『用済み』ってことよ。死にたくなかったら、さっさとお逃げなさいな。それとも、この場で殺されることがお望みかしら？」

蠱惑《こわく》的な声色で恐ろしい台詞《せりふ》を呟いたのは、女帝とはまた違った美しさを誇《ほこ》る女。前を歩く壮年の男性とは正反対に、男であれば誰もが振り向くような美しさで、同性であっても羨《うらや》むような肢体を扇情的な衣で覆《おお》い隠している。

「……………………消えろ」

最後の一人は、全身を真っ黒な外套《がいとう》で覆《おお》っており、姿はおろか顔すらもよく見えない。ただ、服の隙間から覗《のぞ》く鋭い眼光だけが伝令を射貫《いぬ》く。

本来ならば、遥か雲の上に存在している者たちに囲まれ、伝令は意識を失う寸前だった。

「ったく、メンドクセェなぁ」

卒倒しそうな伝令に、鎧《よろい》の男がぼやく。

彼は打ち上げられた魚のように口をパクパクとさせている伝令の側《そば》に寄ると、首根っこを掴み力任せに扉のほうへと投げた。

後ろにいた二人は飛んでくる男を受け止めようともせず、半身《はんみ》に躰《からだ》を動かすだけで躱《かわ》す。

投げ飛ばされた伝令――いや、『元』伝令は、地面に叩きつけられた拍子に我に返ると、躰《からだ》の痛みなどまるで気にせず、地獄から這い出さんとする勢いで広間から逃げ出した。

場に残ったのは、女帝と四天魔将だけであった。

「これで邪魔者はいなくなったわね」

蠱惑《こわく》の女がやれやれと肩を竦《すく》めた。

そして、三人は女帝の前に跪《ひざまず》く。

「皇帝陛下。我ら四天魔将、馳《は》せ参《さん》じました」

平時であれば、神々しささえ感じられる光景。

けれども、女帝の彼らを見る目は、非常に面倒くさげな感情を宿していた。

「そういうのいいから。さっさと状況を報告せいや」

「おい大将。口調が崩れてっぞ」

思わずツッコミを入れてしまった鎧《よろい》の男をよそに、蠱惑《こわく》の女が答える。

「全て予定通り。つつがなく進行しております。……ですが」

「さっきの伝令から聞いたよ。グランバルドが死んだってね」

顔を伏せた女に対し、女帝は天を仰いで言葉を引き継ぐ。

「本当に馬鹿な男だよ。適当なところで切り上げとけって、あれほどキツく言っといたのに。こんなしわくちゃのババァに義理立てしおって」

「…………陛下」

黒尽くめの男が言葉を紡ぐが、女帝は頭《かぶり》を振った。

「わかってたんだよ、こうなるだろうってね。最後の別れ際に、あいつが私になんて言ったかわかるかい？」

――我が身の不忠を、お許しください。

その言葉を聞かされた時、女帝は彼の最期を予見した。

己《おのれ》の命令を無視するという不忠を犯してなお、彼は主人に殉《じゅん》じたのだ。

止めることはできなかった。

己《おのれ》が歩んできた道を考えれば、当然であった。

当然と考えてしまう程度には、酷《ひど》い生き様であった。

「ったく、あっちで会ったら説教の一つでもしてやろうかね」

冗談めかした風に女帝は語るが、三人の表情は悲痛を含んでいた。

蠱惑《こわく》の女が言ったように、全ては予定通りに進んでいる。

――故《ゆえ》に、それは果てに待ち受ける結末も、また予定通りであることを意味する。

それが何よりも辛《つら》かった。

「さて、悪いねあんたたち。最後まで貧乏くじを引かせちまって」

女帝が告げると、黒尽くめの男が頭《こうべ》を垂れる。

「陛下の決断に比べれば、我が身の至らなさを恥じるまでです」

「いんや、あんたたちは本当によくしてくれたよ。すまなかったね。そしてありがとうよ、こんなババァの我《わ》が儘《まま》に最後まで付き合ってくれてさ」

女帝は苦笑しながら腹心たちに言った。

三人とも、己《おのれ》の役割は承知していた。

本音を言えば、女帝に最後まで付き従いたい。死んだあの男と同じく、この方のために命を賭《と》したいと願っていた。

だからこそ、身を削り心を磨《す》り減らす思いで、彼女の最後の命令に従うのだ。

最後に、鎧《よろい》の男が己《おのれ》の胸に手を当てる。自然と、他の二人もそれに倣《なら》った。

「ラウラリス皇帝陛下」

「なんだい？」

「我ら四天魔将。死んだグランバルドを含め、あなた様に仕《つか》えられたことを生涯の誇《ほこ》りとします」

「――そなたたちのこれまでの忠義、誠に大儀であった」

そうして――四天魔将はこの場から去った。


後に残された女帝は呟いた。

「とうとう、私一人になっちまったか」

こうなることは最初から決まりきっていた。むしろ、よくもまぁここまでやり遂げられたと驚くほどだ。

これまでに、数多くの悪行に手を染めてきた。多くの悲しみと憎しみを生み出した。

この手は拭《ぬぐ》いきれぬほどの血に塗《まみ》れている。

全ては、この時のためだ。

女帝は玉座の横に立てかけていた『剣』を手に取る。

それは、老婆の身で振るうには――否《いな》、たとえ若くあっても不釣り合いすぎる武器。身の丈に迫る刀身を有《ゆう》する長大な剣。

「こいつにも、随分《ずいぶん》と無理をさせてきちまったね」

過去を懐かしむように、女帝は刀身を撫でる。

幾多の戦場を駆け抜け、数多《あまた》の敵を切り捨ててきた。

そして、いよいよ最後の戦場で、最後の敵を迎《むか》え撃《う》つ。

「どうせ最後なんだし、華々しくいこうかね」

気負《きお》いはなく、老いた皇帝はニヤリと笑った。

その時だった。

広間の扉が、破られんばかりの勢いで開かれた。

姿を現したのは、まだ二十《はたち》にも到達していないような四人の若者。強い意志を宿した瞳の、少年少女たちだ。

――ようやく、最後の一手が訪れた。

「来たか、『勇者』」

「追いつめたぞ――皇帝！　お前に従う者などもういない！　あと残るはお前だけ！」

きっと、ここまで来るのに彼らは多くの悲しみを背負ってきたはずだ。

沢山《たくさん》辛《つら》い経験を重ねたに違いない。

その全てを乗り越えたのだろう。

女帝はそんなことを考えながら、少年の叫びを聞いていた。

「虐《しいた》げられてきた人々のため。そして世界を救うために、お前をここで討《う》つ!!」

「御託《ごたく》はいらん」

女帝は剣を振るう。身に余るほどの巨大な剣が空《くう》を斬り裂き、床を穿《うが》つ。

老婆の太刀筋《たちすじ》にしてはあまりにも荒々しく、そして美しい一刀が広間を揺るがし、床が大きく砕《くだ》け散る。

並みの者であれば余波だけで腰を抜かすだろう。強者であっても、気後《きおく》れするだろう。

だが、目の前にいる若者たちは揺るがぬ意志を持って、皇帝を見据《みす》える。

――なるほど、最後の晴れ舞台に相応《ふさわ》しい相手だ。

会心の笑みを心の中に浮かべた女帝は、剣を構える。

「さぁ、かかってこい勇者ども。お前たちの覚悟のほど、この剣で確かめてやる」

――この試練を見事に乗り越えてみせろ、若者たちよ!

そして悪の帝王は勇者の手によって討《う》たれ、帝国は滅《ほろ》びた。

これより始まるは、暴力と恐怖によって支配される世界ではなく、平和と秩序に導かれる世界。

人々は勇者の栄光を讃《たた》え、二度と帝国のような悪逆なる国家を生み出さぬよう心に誓った。かの皇帝のような存在が現れぬように努《つと》めた。

だが、人々は知らない。

真に平和を願い、そのために全てを投げ打った、尊い犠牲《ぎせい》者を。

そして——長い年月が過ぎ去った。

第一話　ババァ in the 美少女

――どうも皆さんこんばんは。

躰《からだ》は少女、中身はババァ。

その名も、ラウラリス・エルダヌス！

「いや、意味わからんて」

少女は一人ぼやいた。

起き抜けに妙にハイテンションになってしまったものの、少し冷静になると途端に恥ずかしくなってきた。どうしてあんな暴挙に出てしまったのか。

「よし、忘れよう。物忘れはババァの特権だし」

恥ずかしい黒歴史《ワンシーン》を忘却の彼方《かなた》に押し込み、少女は改めて考える。

「いや、マジでどうなってるんよ。意味わからんて」

先ほどと同じ言葉を少女――ラウラリスは呟く。

記憶にある限り、先ほどまで自分は玉座の間で勇者とその一行《いっこう》と戦い、果てに胸を貫《つらぬ》かれたはずだ。

現に、胸の正中には剣に穿《うが》たれた傷がある。

だがどうしてか、その傷はすでに塞がっていた。

さらに言えば、ここはどこかの森の中。動物の鳴き声が遠方から聞こえる程度には、野生味溢《あふ》れる場所だ。

というか、場所や傷がどうのこうのというレベルの話ではない。

玉座を先帝から奪い取り女帝となってからも、ラウラリスは数多《あまた》の戦場を駆け抜けてきた。

老齢となって第一線を退いてからも、常に鍛練は怠《おこた》らなかった。

そもそも、一線を退いたのは後進を育てるためであり、実力は死ぬ寸前まで帝国最強だった。

だからこそ、歳の割にはしわも少なく贅肉も最小限。けれども老婆とわかる程度には老いていたはず……なのだが。

「なんか、若返ってないかい？」

それが、今はしわ一つない、ツルッツルのプルンプルンな肌。モチモチ肌で水も弾きそうなほど。そして、同性異性問わず誰もが見惚《みと》れるほどに整った体躯《たいく》と豊かな胸。

「——つか、よく見たら素っ裸じゃないか⁉　これじゃぁ捕まっちまうよ！」

帝国法では、道端での過度の露出は犯罪だ。少なくとも局部は隠していないと憲兵《けんぺい》に逮捕される。制定したのは紛《まぎ》れもないラウラリス当人だった。

ついでに言えば、帝国法は禁を破れば貴族はおろか皇帝すら罰の対象となるため、この場に憲兵《けんぺい》がいれば、敢《あ》えなくラウラリスは御用《ごよう》となってしまう。

「あ、いや待て。ここは森の中。帝国法は適用されない。大丈夫——なわけあるかい！これじゃぁ露出狂じゃぁないか‼」

森の中で一人、女がヒートアップしている。

……と、一頻《ひとしき》り喚《わめ》いてから、ラウラリスは己《おのれ》の側《そば》に大きめの荷袋が置かれていることにようやく気がついた。どうやら起き抜けの混乱で、今の今まで視界に入ってこなかったようだ。

「何が入ってるのかって……なんじゃこりゃ」

袋から中身を取り出してみると、申し合わせたように女性ものの衣服が入っていた。

ご丁寧に、下着のサイズは完璧だ。

不気味に思いつつも、素っ裸のままでいるよりはマシだと袖を通しておく。念のために『余計な仕掛け』が施《ほどこ》されていないかを確認して、だ。

一通りを身にまとうと、まるで町娘のような風貌だ。生まれて初めてこの手の服を着て、ラウラリスは少しだけ新鮮な気持ちになった。

「とりあえずこんなもんかね。あとは……手紙？」

袋の中に最後に残っていたのは、一通の手紙だ。

封筒に差出人は書かれておらず『ラウラリス殿へ』という簡素な宛名が記されているのみ。

だが、少なくともこれで、袋に用意されたものは己宛《おのれ》のものだとはわかった。

「さて、何が飛び出すものやら」

得体の知れなさを感じつつ、情報が全くない状態だ。

若返った躰《からだ》のこともあるし、今は一つでも多くの手がかりが欲しい。

意を決してラウラリスは封を切り、手紙に目を通した。

『どうも、神です』

「軽っ⁉」

予想の斜め上とはまさにこのことだろう。手紙の差出人は、まさかの神様ときた。

文脈だけ見れば胡散臭《うさんくさ》さ爆裂だったが、手紙を開いた途端に発せられる神々しさ。

生まれてこのかた神など信じたことはなかったが、本能的な部分で本物であることを認識させられる。

『はい、軽いノリで始めてみました。重苦しく始めても面倒くさいですしね。このほうが楽でしょ？』

「いや、楽っちゃ楽だろうけど」

『まずはおはようございます。そして、ようこそ第二の人生へ』

「は？」

『おそらく「は？」という反応をされていることでしょう。それも無理からぬことですが、順を追って説明いたしますので、とりあえず最後までお付き合いください』

「……これ、本当に手紙？　もしかして会話になってやしないかい？」

『ご安心ください。この手紙はあなたの反応を予想した上で、面白おかしく書いているだけなので。新鮮な反応をいただけて私は大変満足です』

ラウラリスは一瞬、手紙を破り捨ててやろうかと思ったが、かろうじて堪《こら》えた。これでも忍耐力には自信があるのだ。でなければ、皇帝なんぞやっていられない。

一度深呼吸をしてから、改めて手紙の続きを目でなぞっていく。

『お気づきのこととは思いますが、すでにあなたは一度死んでおります。今のあなたの姿は、死んだ当時の躰《からだ》を私が再構築し、若返らせた状態にして、そこに魂《たましい》を宿らせたものです』

「なるほどねぇ。……神様ってのはなんでもありかい」

この時点で疑問は尽きないが、とりあえず『神だから』ということで納得しておく。皇帝ともなると、即断即決《そくだんそっけつ》が求められる。疑問は後回しにし、その時点で確定した情報で方針を決めなければならない場面も多かった。

『その切り替えの早さは助かりますね。話も早くなりますので。では先へ進めましょう』

「本当に見られてるんじゃないだろうね」

辺《あた》りを見回すが、この場にいる者はラウラリス以外にはなかった。

相手は神だし、人の気配などあてにはならないだろうが。

『さて、ここからが本題です。ラウラリス・エルダヌス。あなたの功績は偉大なるものです。それこそ、現《あき》つ神《かみ》なるほどの偉業を成し遂げられました』

「偉業――ときたか」

ずくり、と胸の傷が痛んだ。

――あの血塗《ちまみ》れた道筋を偉業と呼ぶか。

『あなたは決して、偉業《それ》とお認めにはならないでしょう。ですが、神である私が断言します。あなたの辿《たど》った道筋は茨《いばら》の道であり、誰にも真似《まね》ができないほど難しいものでした。その果てに己《おのれ》を犠牲《ぎせい》にしたあなたは間違いなく「英雄」です』

喜ぶべきではないとわかっている。

誇《ほこ》るものでもないとわかっている。

あのような所業が偉業と呼べるはずがないと。

――それでも、涙が溢《あふ》れた。

誰からの理解も欲《ほっ》していなかった。

幾百の恐怖を与え。

幾千の憎悪《ぞうお》を集め。

幾万の絶望を一身に浴び。

血塗《ちまみ》れた道の果てに得られた、たった一つの賞賛。

それだけで報《むく》われた気がした。

『今だけは誇《ほこ》ってください、ラウラリス・エルダヌス。あなたのお陰で、今日《こんにち》の平和が築かれたのですから』

「ちっ…………ババァになると涙腺が緩くなるってぇのは本当だね。こうも自制が利《き》かなくなるんだから」

『いえ、若返ってるからババァ関係ないですけど。単にあなたが涙脆《なみだもろ》いだけです』

「これ本当に手紙かね⁉　絶対どっかで見てるだろ⁉」

涙と鼻水で顔がぐちゃぐちゃになりつつも全力で手紙の主《ぬし》を捜すが、やはり誰もいない。それでも諦《あきら》めきれずに周囲を見回すが、成果は全くなかった。

『いい加減に諦《あきら》めましょう。では続けます。あなたに新たな生を与えたのは、その功績に伴《ともな》った謝罪です』

「……どういうことだい？」

鼻水を啜《すす》りながら、差出人に問いかけるラウラリス。

『人間が類稀《たぐいまれ》なる偉業を成し遂げた場合、その栄誉を称《たた》えて褒賞《ほうしょう》が与えられることとなっています。だいたいの場合は、新たなる神への転生となります』

「神様に転生……ねぇ」

いまいちピンとこない。

そういえば、先帝は己《おのれ》のことを『神』と称していたな。

『ご安心ください。彼は地獄に一直線でした。あなたと同じ皇帝でも、彼は単に人々を苦しませるだけで善政の一つも行《おこな》いませんでしたから』

「それを聞いてすっきりしたさね」

ざまぁみろ、と笑みを浮かべるラウラリスは、さらに手紙を読み進める。便箋《びんせん》の大きさに比べて文章量が明らかに多すぎるが、気にしないことに決めた。

『ですが、神というのは偉業だけでは成立しません。神とは人々に認識され、信仰され崇《あが》められることでようやく力を得ます』

「なるほど、話は読めたよ」

ラウラリスの行《おこな》いにどれだけの『大義』があろうとも、そこに至るまでに歩んだ道は間違いなく悪徳に満ちていた。少なくとも、人々はそう思っていた。

彼女は、帝国の民に憎悪《ぞうお》されていたのだ。信仰の対象にはなり得ないだろう。

『今、あなたを神へと転生させたところで、なんの力も持たぬ神が誕生するだけ。それでは大変申し訳ない。ですので、苦肉の策として――』

「この若返った躰《からだ》をくれたってぇわけかい」

これこそが、神が最初に記した『第二の人生』というわけか。

『あなたが前の人生で辿《たど》ったその軌跡《きせき》。それはあなたの出自と育った環境が大本《おおもと》です。そして、今のあなたはなんのしがらみも持たない自由の身。義理も義務も持たず、好きに第二の人生を謳歌《おうか》してください』

いよいよ、手紙も終盤に差しかかる。

『ただ、いくつか注意点を。まず、肉体を再構築する際には私の力を使いましたが、ベースはあくまでもあなた自身。ほんの少しだけ以前よりも頑強にはなっていますが、その程度です。人としての致命傷を負えば当然命取りになりますのでお気をつけください』

「それはわざわざ付け加えるほどのことか？　当たり前のことだろうに」

『最近の転生者たちは、責任を取れだの特典をつけろだの「ちーと」をよこせだのと好き放題言いますので』

「『ちーと』ってなんだい？」

聞き慣れない単語に首を傾《かし》げる。

『別世界における「並みの者を遥かに超えた超常能力」の別称ですね。あんなの、世界のバランスを崩すだけだというのに、全く。それはともかく、あまり無理はなさらぬように』

「わかったよ。せっかくのご厚意だ、なるべく長生きするよ」

突っ込みどころの多い相手《かみさま》だが、それでも色々と手を尽くしてくれたのだ。すぐにその命を手放したら、それこそ天罰が下るというもの。

『では、ラウラリス・エルダヌス。いえ、ラウラリス。新たなるよき人生を――』

手紙が終わる。そして、最後の一文を読み終えた頃を見計らったかのように、それは形を失って光となり、やがて消滅した。

手紙を失った手を握り締め、ラウラリスは天を仰いだ。

「粋《いき》な計らい、感謝するよ。せいぜい楽しませてもらうさ」

ラウラリスは笑みを浮かべた。

心からの笑みはいつぶりだろうと、感慨深く思い……

ふと気がつく。

「――って、ここどこだよ⁉」

転生ババァの声が高らかに森に響き渡った。

◆◆◆

「ふっ」

ラウラリスは今、森にある自然材料で作り出した弓矢で見事に野ウサギを射貫《いぬ》いていた。

彼女は皇族の生まれであり、評判はともかく出自は由緒《ゆいしょ》正しきもの。

だが、帝国軍を率《ひき》いて戦ってきた彼女は、下手な本職よりも遥かに野戦《サバイバル》の経験が豊富だった。

手慣れた動きで仕留めたウサギを処理し、瞬《また》く間に火をおこして炙《あぶ》れば、昼食の出来上がりだ。ウサギ肉の他には森の中で採取できた野草や果物が添えられている。

「宮廷料理人の出す料理も美味《うま》かったが、こういった野性味溢《あふ》れる料理ってのも悪くないねぇ」

ワイルドに焼いたウサギ肉を噛みちぎり、咀嚼《そしゃく》するラウラリス。ちなみに、ウサギを捌《さば》くのに使ったのは、鋭い石。火のおこし方は、木の摩擦を利用した原始的な発火法。

まさに、サバイバルババァ（外見は少女）である。

「森を歩いてもう三日か。そろそろ人里に着いてくれると嬉しいんだが」

暦《こよみ》は不明だが今は暖かい季節であり、森の中には恵みが溢《あふ》れている。食料には困らず凍える恐れもない。

だからと言って、この場に住みつこうとは思わなかった。

「ババァは寂しいと死んじまうんだよ」

皇帝時代は、常に四天魔将の誰かしらとともにいて、普段から気さくに会話をしていたのだ。気軽な会話は、自分たち以外に人の姿がない時に限られたが。

ラウラリスは実は結構寂しがり屋だったのだ。

それはともかくとして、この三日間でラウラリスは今の己《おのれ》をおおよそ把握できていた。

肉体の頃は十六歳前後。運よく見つけた湖の水面《みなも》に映った顔がその頃のものだった。傾国の美女と呼ばれる寸前の、誰もが見惚《みと》れる可憐《かれん》な顔立ち。

ただし中身と口調はババァである。

体力は以前より落ちている。全盛期がこれよりもさらに後だと考えれば、徐々に躰《からだ》が出来上がっていくのだろう。それでも、昼間に森を歩き続ける程度には力はあった。

それに、体力の総量はともかく回復力は上がっていた。

加えて、五感に限ればずっとよくなっている。こればかりは年齢が大きく影響する点だからだ。

お陰で、誰かがやってきそうな気配を鋭敏に察知することができるし、いざという時には迷わず逃げ出せる。

危害を加えられそうになった場合、今の装備では心許《こころもと》ないとはいえ、相手を倒せなくはないだろう。かといって倒す時の苦労を考えると、収穫はトントンだ。あえて冒《おか》すべきリスクではない。

このババァ、逞《たくま》しすぎであった。

――そこからさらに二日ほど経過。

いい加減、味つけも何もない、焼いた肉に飽《あ》き飽《あ》きしてきた頃だ。

「ようやく、道らしい道に辿《たど》り着けたね」

森の中に、明らかに人の手が加わっている一本の道を発見する。それなりに広い幅であり、馬車がすれ違っても問題ない程度の大きさはある。

この道を辿《たど》っていけば、いずれは村や町に着けるだろう。

「問題は、どのくらい歩けばいいのかだね」

また数日間、塩っ気のない肉を食うのかと考えると、少しだけ萎《な》える。

塩が欲しいのだ、お塩が！

これでもかというほどにしょっぱくした塩焼きのお肉が食いたい！

とはいえ、野戦時には数日間何も口にできない状況もあったため、それを考えれば腹が脹《ふく》れるだけ贅沢だな、と考え直した。

「塩胡椒《しおこしょう》ぐらいサービスしてもよかったんじゃないかねぇ、神様」

図々しくも細《ささ》やかなおねだりである。

――すると、ラウラリスの願いが届いたかは不明だが、別の形で叶えられることになる。

「ん？」

ラウラリスは、前方の茂みに違和感を覚える。

「ん～～～～～～～～？」

目を凝《こ》らし、しげしげと観察する。

「ん～～～～」

眉間に小さくしわを寄せ、小首を傾《かし》げながら弓に矢を番《つが》えて、弦を引き絞る。

「ん」

でもって、軽く狙いを定めて矢を放った。

――ヒュン…………ブスッ！

「ギャアアアアアアアアアアッッッ!?」

矢が茂みに入り込んだ次の瞬間に、野太い悲鳴が辺《あた》りに木霊《こだま》した。周囲の木々にとまっていた小鳥が驚いて飛び立つほどだ。

「おお、当たった。私の腕も捨てたもんじゃぁないねぇ」

己《おのれ》の弓の腕を褒《ほ》めるラウラリス。

悲鳴の後、茂みから転がり出るように姿を現したのは、三人の男。

薄汚れた風貌で動きやすそうな軽鎧《けいがい》を身につけ、手には剣や斧《おの》を携《たずさ》えている。

明らかに、単なる通行人という出で立ちではなかった。十中八九《じっちゅうはっく》、旅人を襲う野盗の類《たぐい》だ。

「はぁ、神様は平和だとは言ったけど、やっぱりこういった馬鹿は消えないもんだ」

仕方がないと納得はしつつも、初めて遭遇した現地人がこんな汚《きたな》らしい野郎では落ち込みもする。

とはいえ、気落ちしてばかりもいられない。

「テメェ、いきなり何しや――」

ドスリ。

野盗の一人がラウラリスに憤《いきどお》るも、衝撃で言葉を止める。彼が視線を下ろした先にあったのは、己《おのれ》の太腿に突き刺さった簡素すぎる一本の矢だった。

驚きと遅れてやってきた痛みに崩れ落ちる野盗。

加えて、茂みの中には彼と同じように矢で射られて倒れている男が一人いた。

――確かに、彼らは旅人を襲う野盗だった。

そして彼らからすれば、人気《ひとけ》のない森の街道をたった一人で歩くうら若き乙女は、まさに格好の獲物《えもの》。たとえ金品が得られなくとも、その極上の肉体を好きに弄《もてあそ》べると思えばやる気も出る……はずだったようだが。

それが、ここまで問答無用《もんどうむよう》に攻撃されるとは考えもしなかっただろう。

「生憎《あいにく》と、人を見る目は人一倍あるつもりだよ。だからわかるんだよ。あんたらが生粋《きっすい》のロクデナシってぇのは」

茂みに隠れ、見えなくてもわかったのだ。

誰かの悲しみを嘲笑《あざわら》う者たち。

かつての己《おのれ》が憎み、そして今なお許せぬ存在と同じ気配がした。

――見過ごすことなどできない。

「これまで貴様らが奪ってきたものの代償《ツケ》を払うだけの話だ」

そこにいるのは、単なるうら若き乙女ではなかった。

皇帝としての苛烈《かれつ》な人生を経て、鮮烈な死をもって幕を閉じた、ババァの魂《たましい》を宿した少女。

女帝ラウラリスである。

武器を手にし、素人《しろうと》相手に粋《いき》がっている木《こ》っ端《ぱ》者など相手にならない。弓の一つあれば――否《いな》、たとえ素手であろうとも、目を瞑《つむ》ってでも余裕で勝てる。

「安心しろ、私は慈悲深《じひぶか》い」

ニコリと、ラウラリスは笑った。

気さくなババァ口調ではなく、血に彩《いろど》られた覇道《はどう》を歩んだ女帝の言葉。

彼女は笑いながら、弓を引き絞った。

言葉と行動が全く伴《ともな》っていない。野盗たちは動けなかった。

ラウラリスは、確かに笑みを浮かべている。けれども彼女から滲《にじ》み出《で》る女帝の殺気に、躰《からだ》が硬直してしまっていたのだろう。

「苦しまずに、逝《い》かせてやろう」

――以降、この野盗四人の姿を見た者は誰もいない。

第二話　町に行くババァ

物言わなくなった野盗は、街道から少し離れた森の奥に穴を掘って埋めた。放置しておくと、色々と人様の迷惑になる可能性があったからだ。

討《う》った相手は誰であれ、埋めるか燃やす。これを怠《おこた》ると、回り回って自分にツケが降りかかってくる。戦場における最低限のマナーだ。

一仕事を終えたラウラリスは、ブツクサと文句を言いつつ、野盗から剥《は》ぎ取った荷物を整理していく。

「塩をよこせってんだい塩を！　なんで砂糖なんだ⁉　肉を甘くしてどうする⁉　ありがたく頂くけども！」

塩こそ持っていなかったが、野盗たちはラウラリスが求めていたものを一応は所持していた。

「革鎧《かわよろい》は……無理か。当たり前っちゃぁ当たり前か。腰回りは緩すぎるし、胸元が窮屈《きゅうくつ》すぎる」

戦う上では邪魔で仕方がないが、これればかりは生まれ持ったものなので諦《あきら》める。

「それよりも、鈍《なまくら》とはいえ剣を手に入れられたのは僥倖《ぎょうこう》だ。こいつがあればとりあえずはなんとかなる」

腰に携《たずさ》えているのは、野盗の一人が持っていた剣だ。欲を言えば彼女が最も力を振える武器は別にあるが、これればかりは仕方がない。

ともあれ普通の剣が使えないわけではないし、あれば心強い。先ほどの野盗なら素手の上に目を瞑《つむ》っていても勝てるが、本職の悪党を相手にすることがあるとするとやはり心許《こころもと》ない。

それに、この世界の脅威《きょうい》は人間だけではないのだ。

ここまで遭遇することはなかったが、ラウラリスがかつて治めていた帝国には、人を害する獣がいた。この国にそれがいてもなんらおかしくない。獣相手に素手で戦うのは、少々厳しいだろう。

できることならやはり、生前に慣れ親しんだものと同じ形の武器が欲しいところだが。それこそ職人に頼み込んで作ってもらうしかないと考えていた。

「ま、この程度の金じゃあ無理だろうけど」

野盗の持っていた、硬貨らしきもの十数枚ほどを弄《もてあそ》んだ。ラウラリスの記憶の中にある、どの国家のものとも違う刻印が施《ほどこ》されている。実際の通貨単位は不明だが、野盗が持っていたのだ。大した額ではないだろう。

「こいつを見る限りじゃ、今は少なくとも、私が生きていた頃よりも後の時代だろう。言葉は通じるみたいだが」

野盗との会話は一言、二言程度ではあったが、それでも意思の疎通は可能だった。さすがに言語体系まで変わっていたらお手上げだったが、その心配はしなくて済みそうだ。

「あとは、私が読める文字であることを祈るのみだ」

それさえ問題なければ、どうにかなる。

人間というのは、意思疎通ができる社会であればどんな場所でだって生きていけるのだ。

幸いにも、道なりに半日ほど進んだ頃に、馬車と遭遇することができた。

荷台には大量の物資が積み込まれており、話した限りは行商人《ぎょうしょうにん》のようだ。

これが、貴族御用達《ごようたし》の馬車であれば面倒なことになっていた。二度目の現地人遭遇は幸運に恵まれた。

「ありがとよ、こんな田舎娘を乗せてもらって」

「町に荷を運ぶついでだから構いませんよ」

礼を言うラウラリスに、馬車の主人である商人は朗《ほが》らかに笑った。最初こそ見た目にそぐわないラウラリスの口調に妙な顔をしたが、その程度だった。

商人はにこやかに彼女に言う。

「それに『余裕がある時は善業《ぜんごう》を行《おこな》え』が家訓でしてね。何かの拍子に回りに回って私自身に得が転がり込むかもしれませんので」

「嫌《きら》いじゃないね、その家訓」

「おや、そうなのですか？　人様が聞くと、大抵は妙な顔をされますがね」

いついかなる時も善業《ぜんごう》を行《おこな》うべき……大半の人はそう思っているだろう。けれどもラウラリスの考えは違った。

「自分に余裕がない時に人助けなぞしてたら、助けたほうも助けられたほうも結局はロクなことにならないからねぇ」

身を削ってまで誰かに施《ほどこ》しをする者を、人は善者と呼ぶのかもしれない。

だが、その果てに何が待つかをラウラリスは知っているのだ。

「それで、町まではどのくらいなんだい？」

ラウラリスが尋ねると、商人は微笑んで答える。

「ここからだと、ちょうど明日の昼前後には着きますね。それにしても運がよかったですね、お嬢さん」

「またなんでだい？」

「最近、この辺《あた》りを根城にしてる四人組の野盗が出没しているらしいですからね」

そう言って、商人は馬車の荷台に目を向ける。

そこには商売道具の品だけではなく、武装した男が二名乗り込んでいる。商人に雇《やと》われた護衛だ。

「お嬢さんも剣を嗜《たしな》んでいるようですが、相手は四人だ。遭遇しなくてよかったですね」

「はっはっは……安心しな、もうそいつらに悩まされる心配はないからね」

何しろ、今頃そいつらは土の下で仲良く永眠している。もう誰かを襲ったりすることはないのだ。

「……？　それはどういう意味でしょうか」

「こっちの話さ。それよりもさ、私はど田舎の出身でね、昨今の世俗《せぞく》にゃかなり疎《うと》いんだよ。よければ色々と教えちゃくれないかね」

「その程度でしたらお安い御用《ごよう》です。町に着くまでの退屈しのぎにもなりますしね」

――こうして、ラウラリスはこの時代における一般常識の獲得に成功したのである。

商人が口にした予定の通り、翌日の正午辺《あた》りには町に到着することができた。

「では、もし縁がありましたらご贔屓《ひいき》のほどを」

「助かったよ。ありがとね」

荷下ろしがあるということで入り口の手前で商人に別れを告げ、ラウラリスは町の中へと足を踏み入れた。

「……これが、三百年後の町並みか」

ラウラリスは哀愁《あいしゅう》と喜びが入り交じった感情で呟いた。

道中で聞いた商人の話では、今は帝国が滅亡してから三百年。

それはつまり、己《おのれ》の死から三百年が経過したことを意味していた。

さらに驚くべきことに、ここは旧帝国領の端に位置するようだ。

まさか、知らずにかつての母国に足を踏み入れていたとは考えもしなかった。

「これも、神様の粋《いき》な計らいってやつかねぇ」

自分は世間知らずの田舎娘という設定にはしたが、おそらくこの町も旧帝国の中央からすれば田舎に違いない。

けれども――

「悪くない。あぁ、悪くないもんだ」

——かつて、自分が生きていた頃の帝国は荒れ果てていた。

特に、中央から遠く離れた末端の村や町は酷《ひど》いものだった。

皇帝として何度か地方への視察には行っていたが、そこに住む人たちの目からは活気が失われ、町そのものが瀕死の状態であった。

それが、今はどうだ。

道行く人々の活気に満ちた顔。子供たちが駆け回っている元気な声。明るく賑《にぎ》やかな通りの様子。

自分の行《おこな》いが、後世にどれほどの影響を与えられたのかはまだわからない。

それでも、記憶の中とはまるで違う『生きた町』を目にすることができただけでも、新たな生を受けた価値があった。

「本当に、粋《いき》な計らいだよぉ」

ラウラリスは小さく込み上げた目尻の涙を拭《ぬぐ》い、笑った。

「さて、いつまでもこうしちゃいられないねぇ」

町に着いた以上、ちゃんと人間としての生活を送りたい。

というか、中身はババァでも女なのだ。しかも外見に至っては、同性異性問わず、道行く人が振り返ってしまう程度には美少女。

「塩焼きお肉もいいが、まずは風呂に入りたいね！」

食欲と同じくらい清潔に気を配る程度には、ババァは育ちがよかった。

何せ、元皇帝である。

というか、皇帝が森で逞《たくま》しくサバイバル生活を送れている時点で色々とおかしいのだが、ラウラリスは気にしなかった。

町に辿《たど》り着いた。一般常識もある程度仕入れた。

残る課題は……

「食《く》い扶《ぶ》持《ち》を稼がにゃならんのよ、これが」

手持ちの硬貨の総額を行商人《ぎょうしょうにん》に聞いたところ、安い飯だけでも三日間過ごしたら底をつくほどの少額。しかも宿代は含まれておらず、野宿前提のお値段。

実のところ、ラウラリスは自分で金を稼いだことはない。

金の管理ならしたことがある。不正経理を見抜いたり、裏金の出所を掴んだりするのは大得意だ。けれども、まっとうに汗水垂らして金を稼ぐという行為には、とんと無縁だった。

軍隊で働いた経験はあれど、結局あれは税金から給与が支払われる仕組みなのであまり意味がない。

給料を支払う側ではあったが、労働の対価に給料をいただくという行《おこな》いがイマイチピンとこなかった。

「これじゃぁ三日と待たず野生生活《サバイバル》に逆戻りだよ」

餓死《がし》の心配が出てこない辺《あた》りが、さすがバイタリティの溢《あふ》れるババァである。

「どうしたもんかい」

これでも皇族としての英才教育を受けており、一般教養は高い。

が、それが即座に金に代わる技能かと問われれば疑問だ。

金の計算にしたって、田舎から出てきたばかりの娘を雇《やと》ってくれる店があるかどうか。

「性別出自問わず、腕《うで》っ節《ぷし》だけで稼げる職業とかないかねぇ。できれば実入《みい》りがいい感じで」

自分で言ってて「ないわぁ」と呟くラウラリス。

いっそのこと、軍隊に入るか？　いや、そもそも兵を募集している場所まで辿《たど》り着く路銀がないわけで。

「いつの世も、お金に関しちゃ世知辛《せちがら》いもんだ」

いよいよとなったらやはり野宿生活か——と半ばラウラリスが覚悟した時だった。

「ま、待って!!」

女性の悲鳴が辺《あた》りに響く。

背後を振り向けば、小脇に荷物を抱えた男と、その後方で男に向けて手を伸ばしている、倒れた女性の姿。

まさにひったくりの現行犯であった。

「……今世は、この手の輩《やから》と縁があるのかねぇ」

思わずため息を漏らす。

男は進行方向の先にいる通行人を突き飛ばしながら走る。いきなりのことで誰もが止められずに、驚いたまま見送るしかない。

「どけ！」

走る先にいるラウラリスに向けて、男が怒鳴《どな》った。

仕方がなく、彼女は横に一歩だけ躰《からだ》をずらすと。

「ふんっ」

――すれ違いざまに、裏拳を男の鼻面に叩き込んだ。

走っていた勢いと裏拳の衝撃が正面からぶつかり合い、顔を起点として男の躰《からだ》が空中で一回転。そのままベシャリと、うつ伏せの格好で地面に落ちた。

ラウラリスは少しだけ赤くなった手の甲を軽くさすりながら、折れた鼻の穴からダクダクと血を流す男を見下ろす。

「昼間っから悪さしてんじゃないよ」

夜ならいいわけじゃないけども、とラウラリスは呻《うめ》く男の足に躊躇《ちゅうちょ》なく踵《かかと》を振り下ろす。

『ゴキリ』と鈍《にぶ》い音がした後、男の絶叫が響き渡った。

見た目だけ少女のあまりの容赦《ようしゃ》のなさに、周囲にいた人間の顔が「うわぁ」と引きつる。足をへし折った張本人は、まるで道の途中にある邪魔なゴミを退《の》けただけのような顔だった。

痛みのあまりに泡を吹いて気絶する男から荷物を取り、ラウラリスは先ほど倒れていた女性のもとに向かう。

「ほら、これはあんたのもんだろう？」

「あ、ありがとうございます！」

女性はしきりにお礼を言った後、何度も頭を下げて去っていった。ラウラリスは軽く手を振って見送る。

「んで、こいつはどうしたもんかねぇ」

足元に転がっている盗人《ぬすっと》の処分に困る。

帝都であればこの手の不届き者は憲兵《けんぺい》に突き出せば終わりだ。

だが、こんな領内の片隅に軍の屯所《とんしょ》があるかどうか。さすがに捨て置いたままでは通行人の邪魔になる。

適当な路地の片隅に放り込んでおくか、と男の襟首を掴もうと手を伸ばした。

「おい、そこのお嬢さん」

「ん？　私のことかい？」

声をかけられてそちらを見やれば、人混みを割って武装した三人の男たちが姿を現した。

声だけを聞けば野盗と変わらないが、野盗《それ》に比べれば遥かに小綺麗であるし、上等な装備をしている。

歩く様子を見た限りではあるが、おそらくは戦うことを本職にしている類《たぐい》の人間。女帝時代に養われた経験がそう判断した。

男たちはラウラリスの美貌に一瞬だけ言葉を失うが、先頭を歩いていたリーダー格らしい男はすぐに我に返るとゴホリと咳払いをした。

「確認しておきたいんだが、そこで倒れている男を『やった』の《の》はあんたか？」

「そうさ。人様の荷物を強奪しようってぇ不届き者だ。嘘だと思うなら近くにいる奴に聞いてみなよ」

先頭の男が、周囲の人間に聞き込みをしていた仲間に目配せをする。返ってきたのは頷き一つ。

それから、男は片足があらぬ方向に曲がった盗人《ぬすっと》を見下ろす。

「……足が折れているようだが、そいつもお嬢さんが？」

ラウラリスの言葉が証明されたようだ。

「ひったくりなんぞするぐらいだから、足に自信があるんだろうさ。念のためにだよ」

ラウラリスとしては、逃亡防止のために行《おこな》っただけであり、男に対して特別恨《うら》みがあったわけではなかった。ただ単に、必要だと思っただけである。

他意がないことを伝えたつもりだったが、武装した男たちは異様なものを見るような目になる。

（あっちゃぁ、これはもしかしてやっちまったか）

ラウラリスは内心で額《ひたい》に手を当てていた。

彼女はこの時代の人間ではない。その内側に宿っているのは、女帝の魂《たましい》。今の時代を生きる者と、己《おのれ》の考えや立場、一般常識に大きな差があるのを自覚していた。

気をつけようとは町に入る前から考えていたのだが、染みついた性分というのはなかなか修正が利《き》かない。

その上、躰《からだ》が少女に戻ったからか精神までも肉体に引っ張られ、女帝時に培《つちか》ってきた鉄のごとき自制心もかなり緩くなってきていた。

（ま、やっちまったもんは仕方がないね！）

ババァは開き直った。

叱《しか》られるにせよ罰せられるにせよ、とりあえず女性を助けることができたのだ。このたわわに実った胸を堂々と張っていればいいのだ。

そう考えていると、男はゆっくりと口を開いた。

「……悪いが一緒に来てもらいたい」

「はいはい、仰《おお》せのままに」

諦《あきら》めたようにため息を零《こぼ》すラウラリスだったが、男は首を横に振った。

「誤解しているかもしれないが、俺たちはあんたを責めるつもりはない。むしろ、こちらの手間を省《はぶ》いてくれた礼を言いたいくらいだ」

「おや、そうなのかい？」

意外や意外。てっきり、お叱《しか》りの言葉を頂戴《ちょうだい》するとばかり思っていたが。

「こいつは女性ばかりを狙った窃盗の常習犯だ。しかも、逃げ足が速くて、見つけたとしてもすぐに逃げられる。俺たちも手を焼いていたんだ」

「……もう一本、折《イ》っとくか」

「さすがにそれは止めさせてもらうぞ。明らかにやりすぎだからな」

「冗談だよ」とラウラリスは口にするが、とても冗談には聞こえなかった。

「それと、こいつは『ギルド』でも手配書が回ってる。ギルドに連れていけばそれなりの報奨金《ほうしょうきん》がもらえるはずだ」

「ほう、そいつはいいことを聞いたね」

情けは人のためならずとはよく言う。

ラウラリスをこの町まで乗せてくれた商人もそうだが、人のための行《おこな》いは回り回って己《おのれ》の幸福へと転じる。これがまさにそうであろう。

あるいは因果応報《いんがおうほう》と言えるかもしれない。

女性に対して狼藉《ろうぜき》を働いた男は、ラウラリスに足を折られた末に捕まった。

盗人《ぬすっと》を捕まえたラウラリスは、その礼として報酬を得られる。

悪行に罰が下り、善行にはよい報《むく》いがある。

(人生ってのはこのくらいシンプルだと楽なんだがねぇ)

ラウラリスはぼんやりとそんな風に思ったのだった。

第三話　求職するババァ

「そういえば、あんたらは憲兵《けんぺい》じゃないのかい？　見たところ、装備がてんでんバラバラだが」

ラウラリスは男のほうに向き直り、そう尋ねた。

「俺たちか？　そんな上等なもんじゃないさ。この町の長《おさ》に雇《やと》われて、治安維持の任を請《う》け負《お》ってるだけだ」

「だとすると……こいつをあんたらが引き取って突き出せば、あんたらの手柄になったんじゃないのかね？」

いまさらそちらに引き渡すつもりはないが、率直に浮かんだ疑問を口にする。

男はラウラリスと窃盗犯を交互に見やってから、肩を竦《すく》めた。

「最初は、一瞬だけその考えが浮かんだがな。今回はやめておく。こう見えて、そこそこに場数は踏んでるつもりだ。だから、あんたとこいつの具合を見て諦《あきら》めたよ。あんたを騙《だま》したら、ロクなことにならないだろうからな」

「へぇ……そいつは」

なかなかに慧眼だねぇ、と内心に思いつつ、ラウラリスは微笑んだ。

もしラウラリスが口にしたようなことを男がしでかしても、報復こそしなかっただろう。

けれども事実が発覚した時点で、男たちに対する彼女の心証は、確実に悪くなっていた。

それがなんらかの形で我が身に降りかかることを、男は避けたのだろう。

「まずはこいつをギルドに連れていき、確認してもらう。その時点で報奨金《ほうしょうきん》が出るから」

「わかった。よいしょっとね」

ラウラリスは男に頷いてから、未《いま》だ倒れたままの窃盗犯を肩に担《かつ》ぎ上《あ》げた。

あまりにも自然な動作で誰も止める間もなかった。

軽々と大の大人を担《かつ》ぐラウラリスに、男たちはまたも絶句する。

「ん、どうしたんだい？」

ラウラリスが不思議そうに聞くと、男は慌《あわ》てて言った。

「あ、いや……そいつを運ぶのは俺たちの役割だったんだが」

「おお、そうかい。ま、気にしなさんな」

「ああ……すげぇなお嬢さん」

「はっはっは。鍛《きた》え方《かた》が違うんだよ」

見た目は華奢《きゃしゃ》な可憐《かれん》な美少女が、己《おのれ》よりも大柄な成人男性を苦もなく担《かつ》ぐ様《さま》は、驚きを通り越して異様である。

ただ、それに言及するのがなぜか恐ろしくて、誰もツッコミを入れられなかった。

「このお嬢さんの案内は俺がする。お前たちは、引き続き巡回を行《おこな》ってくれ」

リーダー格らしい男に命じられ、他の二人は人混みの中に戻っていった。

「じゃ、行くか」

「あいよ」

武装した男と、窃盗犯を担《かつ》ぐ美少女。

少女が大荷物を担《かつ》いでいる様子は、一見すれば女性が虐《しいた》げられているように見える。

だが、当の本人はケロッとした表情で、しかも鼻歌交じりで窃盗犯を運んでいるのだ。

珍しいを通り越して不気味とすら感じられる光景だった。ラウラリス当人は、意図せず金銭を得られそうでご機嫌であった。

「ところで、私はど田舎出身の田舎娘なんだがね」

「自分でそう言ってのける娘さんは初めてだな……それで？」

「実はこの町に来た時点で路銀が尽きちまったんだよ。三日も経てば野宿生活を強《し》いられる程度には困窮《こんきゅう》しとる」

「野宿？」

と首を傾《かし》げる男だったが、気にせずラウラリスは続ける。

「そこで、だ。性別問わず腕《うで》っ節《ぷし》さえあれば稼げる仕事ってぇのはないかねぇ。なるべく、短期で『ガッ』といける感じの」

ババァの経験則から予想するに、野盗を取り押さえに来たこの男たちは、この町でそこそこの時間を過ごしているはず。それに武装しているということは荒くれ者の部類には入るが、善良であるはずだ。

町でのことは、町の者に聞くのが一番だ。

「…………あまりオススメはできないが、お嬢さんの要望を叶えるなら『ギルド』に登録するってのが一番手っ取り早いだろうな」

「ギルドか……こいつを連れていく場所だったね。具体的にはどんな場所なんだい？」

「現地に着いてから改めて教えてやるよ。かくいう俺たちも、そこに属してるんだがな」

――ほどなくして、ラウラリスたちは町の一角にある建物に到着した。

おそらく、この町の中ではかなり大きめの建物だ。

そこに着くなり、男はラウラリスに言う。

「ここが、『ハンターギルド』だ。俺たちは『ギルド』って短く呼んでる。その様子だと、お嬢さんの故郷じゃギルドもなかったんだろ？」

「ある意味、世俗《せぞく》と切り離された別世界だったからねぇ」

別世界というか、別時代というか。

ラウラリスの知る帝国の内部に『ハンターギルド』なる組織はなかったはずだ。

「それにしちゃ随分《ずいぶん》と町に慣れた様子だ。田舎臭さがほとんどない。むしろ気品すらあるように感じるが……」

それはおそらく、ラウラリスが女帝時代に、自然と身についたものだろう。

皇帝は、常に見られる存在だ。いついかなる時でも、国を統《す》べる者らしく振る舞わなくてはならない。

しかし、男にそう伝えるわけにもいかないので、ラウラリスは黙ってやり過ごす。

「さ、まずはその盗人《ぬすっと》を引き渡そう。意識が戻ると少し面倒だからな」

ラウラリスは彼の言葉に頷くと、早速《さっそく》ギルドの内部に入った。

建物内には結構な数の人間がおり、その誰もが何かしらの武器を携《たずさ》えている。

もっぱら男性が多いが、たまに女性の姿もあり、やはり武装していた。

共通しているのは、誰もが腕《うで》っ節《ぶし》に自信がありそうだということだ。

盗人《ぬすっと》を担《かつ》いでいる美少女は、やはりこの場でも好奇の目を向けられる。が、町中よりは注目を浴びていない。珍しくも、滅多《めった》にないわけではないのだろう。

男に連れられて受付まで来ると、女性職員が目を丸くした。

気持ちはわかる、とでも言うように、男はラウラリスを親指で指しながら話す。

「こいつは手配中の盗人《ぬすっと》で、このお嬢さんが捕縛者だ。報奨金《ほうしょうきん》を渡してやってくれ」

「しょ、承知いたしました」

受付の女性職員は一旦奥へと引っ込むと、少ししてガタイのいい男性職員を連れて戻ってきた。

その男性職員は、威勢よく言う。

「じゃぁ嬢ちゃん。そいつはこっちで引き取るよ」

「ほい」

「よしきた……っとと？」

ラウラリスから盗人《ぬすっと》を受け取った男性職員の躰《からだ》が、少しだけよろめいた。

ラウラリスがあまりにも軽々しく盗人《ぬすっと》を渡してきたので、女性でも持てる程度だと思っていたのだろう。それが実際には、成人男性として平均的な重さだった。彼はその重量を見誤ったのだ。

男性職員は一度、ラウラリスの姿を上から下まで眺める。

狐《きつね》につままれたような気分なのだろう。男性職員は首を傾《かし》げながら、ラウラリスから受け取った盗人《ぬすっと》を担《かつ》ぎ、建物の中へと戻っていった。

「ま、そうなるかね」

男性職員が悪いのではなく、ラウラリスが異常なだけ。彼女にもその自覚はあった。

別にラウラリスの肉体が特別なのではない。

特別なのは、躰《からだ》の使い方だ。

「お嬢さん、いいか？」

受付の女性職員と何やら話し込んでいた男が、ラウラリスのほうを振り返る。

「お、悪いね。そっちは任せっきりだったよ」

男は肩を竦《すく》めてから、受付の前を譲った。

「簡単な説明だけはしておいた。あとは、この職員に聞いてくれ。俺は仕事があるから、これで失礼するぞ」

「そうかい。ありがとよ、世話になったねぇ」

「このくらい仕事のついでだ。にしても……あんたといると婆さんと話しているような気分になってくるな。っと、すまん。若い女性に言う台詞《せりふ》じゃねぇか」

「気にしなさんな」

中身はババァだから、間違ってはいない。

「私はラウラリス。この借りは機会があれば返させてもらうよ」

「こっちは給料分の仕事をしたまでなんだがな。俺の名前はグスコ。これでも銅級《ブロンズ》のハンターだ」

「銅級《ブロンズ》？」

「それも含めて、詳しいことは自分で調べろ。それもハンターの仕事だ」

そう言って男――グスコはラウラリスの肩を軽く叩いて、ギルドを出ていった。

グスコが去っていくのを見送り、ラウラリスは改めて受付嬢のほうを向く。

「んで、早速《さっそく》だが色々と教えておくれよ。ぶっちゃけ、田舎もんすぎて『ハンター』なんて職業を聞いたことすらなくてねぇ」

「はい、グスコさんからその辺《あた》りは聞いています。そういった方への説明も、この受付の仕事ですから」

受付嬢は嫌な顔一つせずに、にこりと笑った。

職業柄求められているのだろうが、それでも誠実そうな人間だった。

――ただし、ラウラリスの胸を見て、一瞬『かっ！』と目が見開かれたのだけは追記しておく。

受付嬢の容姿もそれなりに優《すぐ》れていたが、ラウラリスは少しばかり格が違う。

とはいえそれも一瞬のこと。

受付嬢はすぐに元の笑みを取り戻すと、説明を始めた。

「『ハンター』とは、指定された『品』を依頼人の代わりに調達する人たちの総称を指します。『品』は動物であったり植物であったり、様々です。そして『ギルド』は、ハンターと依頼人との仲介を行《おこな》っている組織です」

「つまりは『調達関係のなんでも屋』って感じかね？」

「ものすごく大まかに言ってしまうと、そうですね。理解が早くて助かります」

ラウラリスの遠慮のない物言いを、受付嬢は素直に認めた。

依頼される品は、調達に危険が伴《ともな》う場合がほとんど。

端的に言えば腕の立つ人間が必要になってくる。だからこそ、その手の専門職——ハンターが求められる。

そして、ハンターの仕事は品の調達以外にもある、と受付嬢は続けた。

「ほら、先ほどのグスコさんですが、あの人は今現在、町の警備依頼を請《う》け負《お》っています」

「憲兵《けんぺい》とかはいないのかい？」

「この町の規模ですと、軍の屯所《とんしょ》は置かれないんですよ。代わりに市長が雇《やと》った警備隊がいます。ですが、こんな辺境ですと人材が豊富というわけではないので、その穴埋めとしてハンターが駆り出されるんです」

受付嬢の話を聞いて、ラウラリスはあることを思い出した。

ラウラリス生前の帝国には、『ハンター』なる職業もそれを運営する組織もなかった。

だが、帝国の外にはハンターに似た仕事があったはずだ。

(確か名前は……冒険者《ブレイバー》だったかね)

そういえば、女帝だった己《おのれ》を討《う》ち取《と》った『勇者』も、冒険者だったはずだ。

……過去に思いを馳《は》せるのはまた今度にして、今はハンターの話だ。

ラウラリスは改めて、受付嬢の説明に耳を傾ける。

「今お話しした通り、ハンターの主《おも》な仕事は調達になりますが、その他にも要人の護衛や危険地帯の調査、人にとって危険な動植物の駆除など、依頼の内容は多岐《たき》にわたります」

「本当になんでも屋なんだね」

「人によっては調達の仕事以外を専門にする場合もありますね」

受付嬢の話はさらに続く。

「ハンターにはいくつかのランクがありまして、登録したばかりの新人さんは石級《ストーン》。そこから順に鉄級《メタル》、銅級《ブロンズ》、銀級《シルバー》、金級《ゴールド》。最上位は金剛級《ダイヤモンド》となります」

一般的に、石級《ストーン》と鉄級《メタル》は半人前。銅級《ブロンズ》になって一人前という扱いのようだ。

銀級《シルバー》から上は、一握りのエリートだという。

「上のランクになればなるほど、高難度かつ高報酬の依頼を受けることができ、その上、様々なギルドから様々なサービスを受けることができます。具体的には、ギルドと提携している店舗での割引サービスや、ギルドによる身元保証ですね。身元保証をされている者は、信頼できる人物だという判断基準になります」

金級《ゴールド》ともなれば、一国の王に謁見《えっけん》が可能になるほどの信頼性を得ることができるらしい。

それだけに、ハンターという職業は家の後ろ盾《うしろだて》がない一般庶民が成り上がるための、選択肢の一つだ。

「なるほどねぇ……登録はどうやってするんだい？」

「手数料を払っていただき、こちらが用意した実力試験に合格すれば、晴れてハンターとなります。あ、過去に後ろめたいことがある方ですと、登録の申請が下りない場合がありますけど」

「大丈夫だよ…………多分（ぼそり）」

今世ではまだ、と口の中だけで付け足した。

そして、ラウラリスは質問を重ねる。

「ちなみに、ハンターになると負わされる義務とかってあったりするのかい？」

「まず、ランクに応じた一定の依頼達成実績が必要になります。依頼の達成を怠《おこた》ると罰金を科せられ、さらに酷《ひど》くなると降格処分となります」

実力が劣《おと》るにもかかわらずランクに胡座《あぐら》をかいたり、逆に腕があるのにサボったりしないようにするための措置《そち》だろう。理に適《かな》っている。

「それと、高ランクになりますと、ハンターを指名して依頼が出されることがあります。それを受けるかどうかはハンター次第ですが……」

受付嬢が言葉を濁《にご》したところで、ラウラリスは察した。なので特に言及せず、黙って聞くに徹《てっ》する。

「最後に、ギルドが発行した重要依頼には、必ず参加していただく義務があります。これを拒否した場合、厳しいペナルティが科せられるか、最悪は除籍に処されます」

「ふーん」

自由に動けるのかと思ったが、案外しがらみがありそうな感じだ。

「そうだ、手配犯を捕まえた時の報奨金《ほうしょうきん》ってのは、ランクによって上下するのかい？」

ラウラリスが聞くと、受付嬢は首を横に振る。

「報奨金《ほうしょうきん》そのものには影響いたしません。あなたのように、ごく稀《まれ》にですが一般の方も手配犯を捕まえることもありますので」

──そいつはいいことを聞いたねぇ。

ラウラリスはニヤリと口の端を引き上げる。

それに気づかず、受付嬢は話を続けた。

「とはいえ、先ほどあなたが引き渡した者は小物ですが、中には凶悪犯もいます。手配犯にはギルドが決めた適正捕縛階級が設定され、『手配書』に記載されます。この階級を極端に外《はず》れた場合、捕縛あるいは討伐に成功したとしても、ハンターの実績には適用されない場合がありますのでご注意ください」

実力に見合わない相手に無謀に挑み、返《かえ》り討《う》ちにあうのを防止するための制度だろう。だとしても、未熟なハンターが一攫千金《いっかくせんきん》を狙って格上の相手に挑む事例は、後を絶たないに違いない。

ラウラリスの頭の中で、今後の指針ができ始めていた。

「で、どうなさいますか？」

「ん、やめとく」

「……そうなさったほうがいいでしょう」

受付嬢はホッと安堵《あんど》したような顔をした。

ラウラリスは、その表情の意味を読み取りながら答える。

「わざわざ説明してもらったのに悪いねぇ」

「いえいえ。それに、あなたが言い出さなかったら、私のほうからハンターになるのはやめたほうがいいと説得するつもりでしたから。適性のない方を水際で止めるのも仕事のうちです」

「そうかいそうかい。あ、ちなみにさっき話に出てた『手配書』ってのはどこにあるんだい？」

「え？　それでしたら、あちらの掲示板に人相書きの手配書が貼りつけてありますが……」

投げかけられた質問の意図を読み取れなかったのか、首を傾《かし》げながらも職務に従い、反射的に指差しつつ答える受付嬢。

「わかった。ありがとよ」

ラウラリスはにっこりと笑い、受付嬢が指差したほうへと進んでいった。

「え？　え？」

受付嬢はラウラリスの後ろ姿を見送りながら、目をパチクリとさせる。そんな彼女に構わず、ラウラリスは手配書の貼りつけられた掲示板の前まで来る。

すでに何人かのハンターが手配書を物色していた。彼らは唐突なスタイルのよすぎる美少女の登場にギョッとするが、ラウラリスは構わず手配書に目を通していく。

手配書は十数枚ほどあり、そのどれにも人相書きと捕縛の際の報奨金《ほうしょうきん》も記載されている。他、書かれた人物が手配犯になった経緯や、適正捕縛階級が記されていた。

ほとんどの手配書は石級《ストーン》か鉄級《メタル》で、そこから上は銅級《ブロンズ》が一枚あるだけだ。

とはいえ。

（ハンター階級の具体的な実力がまだよくわからんから、イマイチ把握しきれん。この躰《からだ》でどこまでやれるか、わからないからねぇ――――ん？）

ちなみに、ラウラリスが町で捕まえた盗人《ぬすっと》もまだ貼り出されたままだったが、適正捕縛階級は最底辺の石級《ストーン》。判断基準にはなり得ない。

そんな手配書の中に、ラウラリスは見覚えのある人相を見つけた。

この町に来る前に遭遇した野盗の一人だった。

どうやら、手配犯として報奨金《ほうしょうきん》がかけられていたらしい。

報奨金《ほうしょうきん》が満額支払われるには『生きて捕縛』という条件がつけられていた。殺してしまった場合、報奨金《ほうしょうきん》は二割減だ。

（ま、過ぎたことは仕方がない）

報奨金《ほうしょうきん》は惜しかったが、死んでも誰も困らない程度には悪党だったのだ。

あれ以降、あの野盗の被害にあう者がいなくなったことを喜んでおこう。

それはともかく、あの野盗の適正捕縛階級は鉄級《メタル》だ。

少なくとも今のラウラリスに、鉄級《メタル》の実力があることは保証された。

「とすれば、初めに手をつけるのは鉄級《メタル》だね」

ラウラリスは早速《さっそく》行動を開始した。

——辺境の地にて、手配犯たちを恐怖のどん底に叩き落とした『女』が生まれた瞬間でもあった。

第四話　荒稼ぎするババァ

ギルドからの帰り道、ラウラリスは考えた。

ハンターに登録し、階級を上げれば何かと便利ではある。

高い階級になればそれ自体が一種の身元保証となり、信用を受ける担保《たんぽ》となる。

他にもハンターが希望する依頼への優先的な斡旋《あっせん》や、ギルドが提携している商店での割引等々、受けられるサービスは多岐《たき》にわたる。

およそ個人であれば一人でなんとかしなければならないあれこれを、ギルドが代行してくれるのだ。ギルドとはむしろ、そのための組織といっても過言ではなく、ハンターにとって非常にありがたい働きをしているのだろう。

けれど、ラウラリスがハンターにならなかったのには理由があった。

ラウラリスは心に決めていたのだ。

——新しい人生では、自由に生きたい。

前世において、彼女は常に何かに縛られていた。

それは立場であったり責任であったりと挙げればキリがない。

自《みずか》ら望んでその『鎖《くさり》』を引き受けていた面もあったが、今の世であればそんな必要はないだろう。

おそらく、ハンターは危険も多いが実入《みい》りのいい職ではあろう。

けれども、それで名を上げてしまえば、必ず新たな『しがらみ』がつきまとうことになる。

受付嬢の説明にあった『指名の依頼』がまさにそうだ。

名指しで依頼されるほどの実力者ともなれば、ハンターにとっては一種の箔《はく》になる。

依頼者が強い権力を有《ゆう》していればなおのこと。

だがそれは逆に、高い実力を持ったハンターは権力者との繋がりを作ってしまうことになる。

一見すれば利点にも見えるだろうが、実際に権力を握ったことのあるラウラリスは理解していた。

指名といえば聞こえはいいが、要は権力を利用した強制徴用。

こちらが逆らえないことをいいことに、無理難題を押しつけられる。

全てがこの限りではないにしろ、受付嬢が言葉を濁《にご》したことを鑑《かんが》みれば、そういった事例も多くあるということだろう。

ハンターになる特典と、それにつきまとう面倒事を天秤《てんびん》にかけ、ラウラリスは後者を重く見たのだ。

しがらみのない、自由な生活を送るために。

そして、都合よくそれが可能な稼ぎ方を見つけることができたのだった。


「連れてきたよ。報奨金《ほうしょうきん》をおくれ」

「…………………………はい」


自信満々のラウラリスに対して、それを対応していた受付の女性職員の目からは光《ハイライト》が消滅しており、虚無《きょむ》感を秘めながらかろうじて職務をこなしていた。

――ラウラリスがこの辺境の町を訪れてから一ヶ月が経過していた。

ラウラリスの背後には、顔面を元の倍近くに腫《は》らした男。

手は縄で縛られており、その先端はラウラリスの手に握られている。

もはや性別以外には判別がつかないほどボロボロではあるが、腫《は》れ上《あ》がった瞼《まぶた》の隙間から覗《のぞ》く目は、受付嬢と大差ないほどに虚無《きょむ》だった。どれほどの恐怖を味わえばここまで感情を失えるのだろうか。

以前のようにガタイのいい男性職員が縛られた男を引き取りに来たが、その顔は盛大に引きつっていた。

『化け物を見るような目』とはまさに、今の男性職員の目を指している。

受付嬢や男性職員のみならず、このギルドを普段から利用している者たちも、似たような目をラウラリスに向けていた。

が、当のラウラリスは支払われた報奨金《ほうしょうきん》を手にホクホク顔であった。

ラウラリスの現在の職業――それは、フリーの『賞金稼ぎ』である。

実績は残らないが余計なしがらみもなく、悪党を捕まえれば金が入る。今のラウラリスにとってはまさに理想的な稼ぎ方であった。

彼女が捕縛しギルドに突き出した手配犯の数は、すでに十《とお》に達していた。

適正捕縛階級は鉄級《メタル》や石級《ストーン》であったものの、この短期間でと考えれば明らかに異常な数と速度だ。

だが、彼女の前歴を考えれば当然でもあった。

何せ、元は苛烈《かれつ》な手腕《こ》を誇《ほこ》った悪の女皇帝。

不正を働き私腹を肥やしていた貴族を、両手両足の指では数え切れないほど合法的かつ物理的に血祭りに上げてきた実績がある。法的に裁くための証拠を集めることに比べれば、木《こ》っ端《ぱ》犯罪者の根城を探し当てるくらい朝飯前だ。

と尋ねてきた。

「あの、ラウラリスさん……」

ラウラリスが報奨金《ほうしょうきん》の入った革袋を腰に提《さ》げた携帯鞄に収めると、受付嬢がおずおず
「どうした。まだ何かあるかい？」

「その……やっぱりハンターになるおつもりは」

「ないね」

このやりとりはすでに何度も繰り返されている。ラウラリスが四人目の手配犯を捕まえたところから始まり、今の今まで実りはない。

「ギルドに登録される際の費用と試験は免除しますし、これだけの手配犯を捕まえた実績があるなら、登録してすぐに鉄級《メタル》への昇格も可能なんですが……」

「言ってたじゃないか。適正外の手配犯を捕まえたところで実績にはならないって。それに私はハンターじゃないから、記録も残ってないんだろ？」

「それは……そうなんですが……」

受付嬢は肩を落としながら哀愁《あいしゅう》を含んだため息を吐《つ》いた。

おそらく、彼女も『上』のほうからせっつかれているのだろう。

申し訳ないと思わないでもなかったが、ラウラリスの答えは変わらなかった。

「じゃ、私はもう行くよ」

「お疲れ様……でした」

軽く別れを告げて、ラウラリスはギルドを後にした。

それから一旦、拠点にしている安宿の一室に戻る。

「うーむ、さすがにこいつはもう限界かね」

ベッドに腰を下ろし、鞘《さや》から抜いた剣を観察しながら、ラウラリスはボヤいた。

野盗から奪ったものであり、元々の品質は最底辺。その上、手入れがほとんどされていなかったため、切れ味はないに等しい。

これまでは騙《だま》し騙《だま》しで使用してきたが、いよいよその『騙《だま》し』が利《き》かなくなってきていた。

どれほどうまく扱ったとしても、十合ほど剣を交《まじ》えれば砕《くだ》け散るだろう。

鉄級《メタル》手配犯を相手にするなら、さほど問題はない。

この階級の手配犯は、町で少し悪さをしただけの、小悪党と言ってもいい。その中で、目に余る被害を出している者や実際に被害届が出されている者を、町の役所が危険と判断し報奨金《ほうしょうきん》をかけているのだ。

中には、ラウラリスがこの町に来る前に遭遇した野盗のように、すでに人命を奪っている輩《やから》もいる。

だがあれは、町のチンピラが『やりすぎた』くらいの範囲でしかなかった。

その程度であれば素手でだって勝てる。

実際これまで何人かは剣すら使わず、拳《こぶし》一つで黙らせてきた。

だが、いざという時に頼れる『得物《あいぼう》』の有無は、文字通り命取りになる。不安を抱えた武器を戦場に持っていくのは自殺行為に等しい。

少なくとも、次の手配犯を狙うのは新しい武器を仕入れてからだ。

意外と、ババァは堅実派であった。

今日引き渡した手配犯の報奨金《ほうしょうきん》で目標の金額は貯まった。

新調するにはちょうどいい頃合いだ。

「そうと決まれば早速《さっそく》行くかね」

思い立ったが吉日。正午は過ぎていたが日はまだ高い位置にあり、外は明るい。

ラウラリスは手早く荷物をまとめると宿を出た。

この一ヶ月で、町の物価や店は調査済《リサーチ》みである。

ラウラリスはこの町にある唯一の武具屋に向かった。

◆◆◆

所狭しと武器が並んでいる店内。

店員は奥のカウンター席にいる老人が一人。

年老いてはいるが、腕回りは少女の胴体ほどもある。この店の店主だ。

「ちょいと邪魔するよ」

店主は入ってきた客を一瞥《いちべつ》すると、気怠《けだる》げに視線を逸《そ》らして言った。

「帰りな、お嬢ちゃん。ここはあんたみたいなのが来る場所じゃねぇ」

「ほう……小さい店の割には品揃えはいいじゃないか」

「…………………………」

渋い声でハードボイルドな台詞《せりふ》を口にはしたが、その客は全く意に介さず店の中を物色していた。

格好をつけたわけではないのに、店主は妙に恥ずかしい気持ちになった。

改めて、店主は少女の姿を視界に収める。

この町にはハンターギルドがあり、この店の利用者はそこに所属するハンターだ。

比率的には圧倒的に少ないとはいえ、女性のハンターだってもちろんこの店を利用する。

だが、これまで見てきた女性ハンターと比べて、彼女の容姿はあまりにも可憐《かれん》だ。

まるで、野草の中に一輪の美しい花が咲いているよう。

――しかし、武器を見定めようとするその姿が、妙に様《さま》になっているのはなぜだろうか。

老人はこの店の主《ぬし》となってもう長い。

それだけの間、多くの客を相手にしてきた。

だからこそ、彼女の武器を見る目が冷やかしでないのがわかった。

命を預けるに足る、心強い『相棒《ぶき》』を求めているのだと思わせる姿だった。

そこで店主はふと思い出した。

(店に出入りしてるハンターどもが噂してやがったな。最近ハンターにもならず、手配犯を捕まえまくってる女がいると……だが、さすがにあの嬢ちゃんじゃねぇだろ)

視界に入り込む情報と長年の経験の差異に、店主は混乱してしまう。

「……さすがに私好みの武器《やつ》は置いてなさそうだ。とりあえず、手頃なやつで我慢するかい」

だからかは当人にも不明だったが、少女の残念そうな呟きがやけに癪《しゃく》に障《さわ》った。

眉間にしわを寄せた店主が口を開く。

「おい嬢ちゃん、聞き捨てならねぇ台詞《せりふ》を吐いてくれるじゃねぇか」

「おっと、聞こえちまったかい」

少女は申し訳なさそうに言って頭を掻《か》いた。

「いや悪かった。あんたの店を侮辱《ぶじょく》したわけじゃぁないんだよ」

「言い訳は結構だ。それより、こっちも商売人としてのプライドってぇのがある」

店主はカウンターから出ると、少女の前に立った。そして腕組みをし、鼻息を鳴らしながら少女を睨《にら》みつける。

ハンターであっても、この睨《にら》みの前では多少なりとも怯《ひる》むもの。

だが彼女は、ケロリとした様子だ。

少女が全く気後《きおく》れしないので、逆に拍子抜けしそうになる。

店主は眉間のしわが緩みそうになるのをぐっと堪《こら》えて、彼女に問いかけた。

「嬢ちゃんの欲しい武器を言ってみな。俺が見繕《みつくろ》ってやる」

「お、そうかい。そりゃ助かる」

――そうして少女が出した要望は、店主の予想を遥かに超えたものであった。

店主は一度店の奥に引っ込むと、しばらくしてから彼女のもとへ戻る。

その腕には、ある武器が抱えられていた。

一目見るなり、少女は至極《しごく》の宝石を見つけたかのように目を輝かせる。

「おお、なんだい！　あるじゃないか！」

「……こいつは冗談で仕入れたやつだったんだがな」

そう言って店主が差し出したのは。

――刃渡りが少女の身の丈に迫るほどの、巨大な剣であった。

部類としては『長剣』であろうが、あまりにも長すぎる。

柄《つか》も並みの剣の倍近くあり、そして重量も、その大きさ相応のものを秘めていた。

鞘《さや》に収まったその剣を、少女は難なく受け取る。

「へぇ、いい感じだねぇこいつぁ」

彼女は、新たなおもちゃを得た子供のようにはしゃいでいた。

「……マジか」

腕力だけであればそこらのハンターを凌駕《りょうが》する店主であっても、この武器を重いと感じるのだ。

それを嬉々として持ち上げる少女を見ると、己《おのれ》の常識がガラガラと崩壊していくような気分だった。

「こいつを素振りしてみたいんだが」

楽しそうな彼女に、店主は呆然としながらも答える。

「……だったら裏庭を貸してやる」

武器を持てるということと、使いこなせるかは全くの別問題だ。

店主は自《みずか》らにそう言い聞かせた。

どうしても、目の前の光景が受け入れられないのだ。

頭の片隅では諦《あきら》めに近い感情が芽生えてはいたが、目の前の少女にこの剣は不釣り合いだと、培《つちか》ってきた経験が叫んでいる。

半ば意地になっている自覚はあったが、それでも店主は一縷《いちる》の希望を抱《いだ》いて少女を裏庭に案内した。

裏庭は、ハンターが購入した武器を試すために、余計なものは置かれておらず広々としていた。

だが、少女が長剣を鞘《さや》から引き抜くと、途端に狭苦しく感じてしまう。

「危ないから離れてな。……この類《たぐい》を振るうのは三百年ぶりなんでね」

「わかっ――――三百年？」

言われた通りに店主は少女から離れるが、彼女が口にした年数に疑問符を浮かべる。

だが、彼女は答えず、己《おのれ》の美貌を映し出す刀身を眺め満足げに頷く。
「ちょっとくらいの無理なら耐えられそうだね」
その他、細部の確認を行《おこな》っていたが特に不備は見当たらなかったらしい。
「あとは私自身の問題か」
少女はそう言って長い柄《つか》を両手で握り締めると、長剣を正眼《せいがん》に構えた。
躰《からだ》の中に一本の芯があるかのような、見事な構え。
数々のハンターを見てきた店主が見惚《みと》れるほどに、一切の無駄が省《はぶ》かれた姿。
ゆったりとした動作で、少女は剣を振るった。
一つ一つを丁寧に、遅くはあれど鋭い剣捌《さば》き。
華麗に舞うが如《ごと》く、重力を感じさせないその動き。
舞を踊りながら、その少女は手にした剣の情報を自身の躰《からだ》に染み込ませているようだ。
重心の位置、握りの感触、刃《やいば》の長さ。
その全てを体感し、己《おのれ》の一部として蓄積しているようだ。
やがて彼女は剣を振るうのをやめた。
――その直後、ただの一振りを目の当《ま》たり《あ》にしただけで、店主は確信することになる。
自分がこれまで見てきたどのハンターよりも、この少女は強い。

それも、格が違うほどに。

◆◆◆

「ふぅぅぅ……」

ラウラリスは深く深く、息を吐き出す。

剣を躰《からだ》の横へ水平に構えると、呼吸とともに雑念と余分な力を排除していく。

脳裏《のうり》に浮かべるのはかつての己《おのれ》。勇者と相対した頃の自分。

確かに、肉体は衰《おとろ》えていたかもしれない。けれども確信があった。

勇者と最後の戦いをしていた時の己《おのれ》。

あの瞬間こそが、全盛期だと。

故《ゆえ》に、想像するのは老いた己《おのれ》の姿。

最強であった己《おのれ》の一振り。

(指先の先の先。髪の一房《ひとふさ》その先端。血管の一本一本まで。己《おのれ》の全てを知覚し、その全てを余すところなく支配しろ)

無意識の肉体動作を意識的に感じ取る。

そして意識的に感じ取った全てを無意識で稼働させる。

（全をもって一を成せ。一をもって全を統《す》べろ）

タンッと、足を踏み込む。

まるで、木の葉が湖に舞い落ちたかのような、柔らかい一歩。

（この一刀、全成一成《ぜんなるいちなり》!!）

――シャンッ。

長剣の一閃《いっせん》。

刹那《せつな》の間に振られた剣は、風を薙《な》ぐ音すら置き去りにし空《くう》を断ち切る。

僅《わず》かに遅れて、ラウラリスの周囲に暴風が巻き起こった。

あまりに強烈な突風に、遠目で見ていた武具屋の店主が煽《あお》られ転びそうになるほどだった。

少女が振るうにはあまりにも美しく、苛烈《かれつ》な剣筋。

見た者の心にすら刻み込まれるような一振りであった。

「――ちっ、やっぱり無理があったか」

だが、長剣を地面に突き立てた当のラウラリスは、不満げに舌打ちをする。呼吸も乱れており肩も大きく上下している。

——今の一閃《いっせん》は、己《おのれ》が全盛期だった頃の動きを模倣《トレース》したものだ。
けれども、その出来はといえばあまりにも悪すぎであった。
理想を言えば、音すらなく空間を断ち切るつもりだった。だが、し損じて余波が辺《あた》り
に散ってしまった。
それでいて、たったの一振りで全身の骨や筋肉が悲鳴をあげていた。
かつての己《おのれ》には到底及ばず。
——ラウラリスの身体運用は、言葉で表現するならば『全身連帯駆動《ぜんしんれんたいくどう》』。
筋肉、骨、関節といった、肉体の動きに関わるあらゆる要素を余すところなく連動さ
せることによって、躰《からだ》に加わる負荷を細かく分散し、常人を遥かに超えた力を獲得して
いるのだ。
単純な膂力《りょりょく》だけに限っても、同じ体格で同じ年齢の女性を超えているのは確か。
それに加えて彼女が体躯《たいく》に似合わぬ強大な力を発揮するのは、この独特の身体運用を
普段の生活でも無意識に行《おこな》っているからだ。
全盛期の己《おのれ》と今の己《おのれ》の間に生じた誤差。
それは肉体の成長度合いであり、肉体に蓄積した経験値。言葉では言い表せない何か。
とにかくあらゆるものが噛み合っていない。

その噛み合っていない部分が肉体への余計な負荷となり、痛みとなって表面化したのだ。

全身から伝わる痛みに、顔をしかめるラウラリス。

「ちょいとばっかし『調整』が必要だねぇ」

このまま記憶を頼りに剣を振るっていれば、いずれは躰《からだ》に無理が生じる。今の肉体に合った動きを、改めて会得する必要があった。

「お、おい嬢ちゃん。大丈夫か？」

「ん？　ああ、大丈夫大丈夫」

心配そうに駆け寄ってくる店主に、ラウラリスは手をひらひらと振って答えた。だが、その顔には汗が滲《にじ》んでいる。

「あんまし大丈夫そうには見えねぇがな」

「いやなに。ちぃっとばっかし今の己《おのれ》を見誤ってただけさ。この程度は大したことないよ」

恥ずかしいところを見られたな、とババァは照れ笑いをした。

「ま、私のことはおいといて。いい剣だね。文句のつけようがない。こいつを頂くとするよ」

強《し》いて言えば古ぼけた印象であるが、武器に無駄な装飾など必要ない。頑強で鋭くさえあればいい。

「お、おう。気に入ってもらえたようで何よりだ」

店主がドギマギと答えると、ラウラリスは、美少女に相応《ふさわ》しい花が咲いたような笑みを浮かべた。

これで側《そば》に身の丈に迫る長剣がなければ絵になっていただろう。物騒すぎる。

ラウラリスと店主は店の中に戻った。

「……そういえば、この剣は店の中にあるどの武器よりも上等な代物《しろもの》だ。それをこんな値段で売ってもらっていいのかい？」

物価に関してはまだ大まかにしか知らないラウラリスだったが、それでも己《おのれ》の支払った額以上の価値がその長剣にあることはわかった。

裏庭での一振りは、全盛期には遠く及ばずともそれなりのものだったという自負はある。

思わず全力で試してしまったが、並みの剣であれば圧に負けて刀身が歪《ゆが》んでいてもおかしくはない。けれども、この長剣にはそんな異状が全くなかった。

悪い言い方をすれば、こんな辺境の地にある町の武具屋に置いてあるのが、不思議で仕方がないほどだ。

「構わんよ。試しに仕入れちゃみたが、この町のハンターどもじゃ扱いきれんでな。全く売れんから、今の今まで倉庫で埃《ほこり》を被《かぶ》っとったんだ。扱いきれる者の手に渡るのならば、武器も本望だろうよ」

まるで、長い年月を生き抜いた先達《せんだつ》を前にしているような目を、店主はラウラリスに向ける。

「あんたがそう言うなら、ありがたく頂戴《ちょうだい》するよ」

「そうしてやってくれ。……それとはまた別だがな。嬢ちゃん、防具はどうすんだ」

ラウラリスは、この町に来た時と同じく町娘の格好である。

定期的に洗濯をしているので清潔感は保たれているだろうが、はっきり言って戦いを生業《なりわい》にするような姿ではない。

ラウラリスは、少し躊躇《ためら》いながら店主の問いに答えた。

「あー、いや。私だって考えちゃいるんだよ。でも、まずは剣のほうが先だと思ってて。それに……この胸だろ？」

「……確かに、その胸に合う胸当てはそうそうねぇだろうな」

「ただでさえ女物の鎧《よろい》ってのは出回ってない上に、この大きさじゃ既製品はまずない。個人注文《オーダーメイド》になっちまうと費用がかかっちまう。どうしても、後回しにするしかないんだよねぇ」

ラウラリスは困ったように己《おのれ》の胸の上に手を置き、それを見た店主が視線を外す。

なんとも気まずげな雰囲気になってしまった。

妙な空気を咳払いで誤魔化《ごまか》すと、店主は腰に手を当てて言った。

「俺が馴染みの職人を紹介してやる。この辺《あた》りじゃ俺も少しは顔が利《き》くからな。さすがにタダでとはいかんが、俺の紹介となれば個人注文《オーダーメイド》でもかなり安く作ってくれるはずだ」

「そりゃ助かるが……いいのかい？　こんな小娘相手にそんなに便宜《べんぎ》を図ってもらって」

この先、防具が必要になるのは確かだが、素直に厚意に甘えるのも気が引けた。何せ、この店主とは知り合ってまだ半日も経っていないのだ。

そんなラウラリスを気にも留めず、店主は朗《ほが》らかに返事をする。

「ジジイのお節介は素直に受け取っとけ。それに、もし仮に嬢ちゃんがどこかで名を上げたら『あの英雄が立ち寄った武具屋』なんて謳《うた》い文句がつくかもしれねぇだろ？」

厚意が大半であったが、数割程度は商売人として強《した》かな面もあった。完全な無償よりかは、よほど納得できる理由だ。

「その期待には……添うつもりはないんだけどねぇ。けど、ありがたく甘えさせてもらうよ」

剣の代金で資金はほとんど底をついていたが、ギルドの掲示板に貼り出されている手配書はまだ残っている。

そのうちの鉄級《メタル》手配犯はラウラリスが粗方捕まえて報奨金《ほうしょうきん》にしてしまったが、それでも数人は残っていた。

潜伏先の目星はついている。そいつらで防具の代金を賄《まかな》えば問題ないだろう。

完全に『資金扱い』されている手配犯たちが哀《あわ》れだ。

ラウラリスがしめしめと悪い笑みを浮かべていると、店主が思い出したように口を開く。

「ところで嬢ちゃん、お前さんはもしかしてラウラリスって名前だったりするか？」

「——？　確かにラウラリスは私だが……なんで知ってるんだい？」

彼女が噂のラウラリスだという事実にようやく行き当たり、店主は驚きと納得が半々といった表情を浮かべた。

——そして一週間後、ラウラリスは無事に武器と防具の両方を揃えることに成功したのだった。

第五話　老人たちとババァ

誰もが振り返る可憐《かれん》な美貌（と巨乳）を持ちながら、手配犯を容赦《ようしゃ》なく引っ捕らえるラウラリスの噂はすでに町全域にまで広まっていた。

そうでありながらも、彼女に狙われた手配犯はほぼ確実と言っていいほど捕縛されていった。

生前は悪の皇帝として名を馳《は》せていたラウラリスはその実、帝国内の膿《うみ》を排除するために不正を働く貴族を数多く処罰してきた。

その時の経験から悪党に対する嗅覚が抜群に優《すぐ》れているのだ。その手口や体格等の情報だけで大まかな潜伏場所を探り当ててしまえるほどに。

その上、己《おのれ》にぴったりの武器と防具を手に入れたものだから、今のラウラリスには向かうところ敵なしなのである。

個人注文《オーダーメイド》で発注した、特盛りの胸部を覆《おお》うレザーアーマー。

その他、動きを阻害しない程度に各所を守る防具を装備。腰に提《さ》げられているのは、野宿生活《サバイバル》に必要な小道具が収められた携帯鞄だ。

最後に、その背中にはラウラリスの身長に匹敵する刀身を有《ゆう》した長剣が携《たずさ》えられている。

こちらの鞘《さや》も特製。これだけ長い剣だと、腕を全力で伸ばしたところで普通に引き抜くことは不可能である。

なので、鞘《さや》の片側に隙間《スリット》が設けられており、そこから引き抜く仕様だ。

剣帯は通常の肩から脇へと伸びる袈裟《けさ》懸《が》けではなく、背負い鞄と同じように両肩で支える形。通常のタイプだと、胸が邪魔すぎて動きに悪影響を及ぼすのだ。ついでにこちらも剣を引き抜きやすいように調整されており、もちろん特注品である。

武具屋の店主が口利《くちき》きをしてくれなければ、総額で相当の高値となっていただろう。彼には感謝してもしきれない。

このように完全武装なのだが、鎧《よろい》の下がこれまで通りの町娘風なので、アンバランス感が半端ではない。

だが、ラウラリスはこのアンバランスさが気に入っていた。

武具をまとっていても、戦いに明け暮れるわけではない。それ以外にも興味があるということを、自身で体現したいからだ。

その信念にあるように、ラウラリスは四六時中手配犯を追っているわけではなかった。

悪党を懲《こ》らしめるのもいいが、息抜きも必要。

彼女なりにしがらみのない自由の身を存分に味わっていた。

「聞いてよ、ラウラリスちゃん。それでねぇ――」

「へぇ、そりゃ痛快だね」

「でしょう。本当にねぇ」

「「ほっほっほっほっほ」」

二人の女性が揃って笑い声をあげる。

片方は顔にたっぷりとしわを蓄《たくわ》えた老婆。

そしてもう片方はツヤツヤのお肌と可憐《かれん》な美貌を持った美少女――ラウラリスだ。

年の差はゆうに半世紀近くはある組み合わせだったが、二人で笑っている光景はまるで長年の友人だと感じられるほどに馴染んでいた。

老婆の名はユミル。

ラウラリスがこの町で知り合った『友人』だった。

「いやぁ、ラウラリスちゃんと話していると私まで若返っちゃったみたいだわぁ」

「何言ってんだい。ユミルさんもまだまだ十分に若いでしょうに」

「あらぁ、嬉しいこと言ってくれるわねぇ。……まだいけるかしら、私」

「いけるいける。あと十年はいけるね」

「やだもぅ、お世辞がうまいんだから」

「「ほっほっほ」」

完全に親友《マブダチ》みたいなやりとりである。

知り合いになったのは、ラウラリスがこの町で手配犯を狩り始めた頃だ。

いかに経験豊富なラウラリスであっても、土地勘のない町では勝手が違う。悪党の根城をおおよそは把握できても、それが必ずしも的中しているとは限らなかった。

彼女は予想《あたり》をつけたところで、まずはその近辺の住人から情報を得て裏づけをとることを試《こころ》みた。

そして最初に声をかけたのが、何を隠そうユミルだったのだ。

なぜユミルだったかというと、実はラウラリスは『同世代』とのコミュニケーションに飢《う》えていたのだ。

肉体こそ十代半ばまで若返りはしたが、その内面は齢《よわい》八十に達したババァである。故《ゆえ》に、大概の人間と話していると、常に年下の人間との会話を強《し》いられているような感覚なのである。苦痛ではないものの、どこかしら遠慮してしまうのだ。

その点でいえば、ユミルはなんら気兼ねなく話ができる相手だ。何せ中身はどちらもババァなのだから。

ユミルからしても、若い子と話せる上に会話も弾むと喜んでいるものだから、願ったり叶ったり。コミュニケーションに飢《う》えていたのはユミルも同じだったようだ。

その手配犯を捕まえてからというもの、ラウラリスはユミルと会ってはこうして井戸《いど》端会議《ばたかいぎ》に花を咲かせていた。

そしてそれは、ユミルとだけではなかった。

「おお、ラウラリスちゃん。こんにちは」

「おや爺《じい》さん。出歩いて大丈夫なのかい」

「今日は腰の調子がよくってのぉ。天気もいいし、散歩もいいかと思ってなぁ」

杖をついている老人は付近を通りかかると、ユミルと会話を弾ませているラウラリスを見つけて歩み寄ってくる。

足取りはゆっくりとしたものだったが、ラウラリスもユミルも、落ち着いて老人が近づいてくるのを待った。

「なんだい爺《じい》さん。乙女の会話に割って入ってくるんじゃないよ」

「誰が乙女じゃババァ。あと五十年は若返ってから出直してこんかい」

言い合うユミルと老人だが、その調子は軽め。出会い頭《がしら》の挨拶《あいさつ》のようなやりとりだ。その証拠に、二人の表情は明るかった。聞くところによると昔馴染みらしい。

「ラウラリスちゃんは近所の爺婆《じじばば》たちみんなのアイドルなんじゃ。独り占めは許さんぞい」

「じゃぁ、私はラウラリスちゃんのファン第一号よ。二号目以降は遠慮しなさいな」

「はいはい二人とも。妙な取り合いはやめとくれよ」

好戦的な笑みを浮かべて睨《にら》み合う老人と老婆を仲裁する美少女（中身はババァ）。

そう、ラウラリスは誰もが羨《うらや》むほどの美少女である。

そんな娘が老人を相手に嫌な顔一つせず、逆に嬉々として話をしてくれるのだ。

若者相手に話がしたい老人たちにとっては、まさに今言われた通り、アイドルに等しい存在になっていた。

自分を好いてくれるのはよいのだが、あまりの人気っぷりにラウラリスは少々困ってしまう。

ただ、それが嬉しい誤算を引き寄せることとなっていた。

「そういえば、この前ちと小耳に挟んだんじゃが――」

不意に老人の口から出てきた話題を聞いて、ラウラリスの目がすっと細まる。

「――ほぅ、それはまたまた。爺《じい》さん、もうちょっと詳しく聞かせとくれよ」

「いいともいいとも。おじいちゃん、全部話しちゃうぞい」

ラウラリスが興味を持ってくれたことに調子づいたのか、老人は『小耳に挟んだ話』というのを存分に語ってくれた。

老人の話は、ラウラリスが追っている手配犯に関するものであった。

老人自身はそうとは思っていなくとも、ラウラリスの勘《けいけん》がそう告げていたのだ。

ユミルをはじめとした老人たちと交流することによって、ラウラリスは意図せずに手配犯の情報を得られるようになっていた。

老人同士の繋がりというのは案外に広い。

また、追われている身である手配犯は、若者の目は気にしても年老いた者たちに対しては警戒心を薄くしてしまう。

だが、案外老人というのは見ている時は見ている。

そうした話が流れに流れてラウラリスのもとに届くのだ。

「ありがとよ爺《じい》さん。お陰で面白い話を聞けたよ」

新たな手配犯の情報を得たラウラリスは、話をしてくれた老人の手を取った。

「おぉぉ……儂《わし》、ラウラリスちゃんに手ぇ握られとるよ。もう昇天しても心残りないわぁ」

「馬鹿なこと言ってんじゃないよ、エロジジイ」

「馬鹿モン。男は何歳になってもエロいんじゃよ」

「開き直るんじゃないよ」

「だぁかぁらぁ、やめとくれって」

ラウラリスはため息を吐きながら、ユミルと老人の言い合いを止めに入った。

和気藹々《わきあいあい》とした日常の一幕である。

第六話　武装完了ババァ

この町に来ておよそ一ヶ月半。

ラウラリスは相も変わらず町に蔓延《はびこ》る悪党どもを根刮《ねこそ》ぎ刈り取《つかまえ》っていた。

そんなラウラリスは、ハンターギルドへ向かう道すがら悩んでいた。

この町に来て最初に立てた目標は、食《く》い扶持《ぶち》を稼ぐことと装備を揃えること。その両方を達成してしまった今、新たな目標が必要になる。

ギルドに残っている手配書の数はあと一枚。鉄級《メタル》の手配犯はラウラリスの手によって全て捕縛されてしまった。

あと残るは、この町で唯一の銅級《ブロンズ》手配犯。

それを狩るか否《いな》かはともかくとして、次にどうするかという問題に行き着く。

銅級《ブロンズ》手配犯の報奨金《ほうしょうきん》は、一人捕まえただけでもこの町で一ヶ月は働かずに過ごせる程度になる。

「けど、それじゃぁあまりにも味気がなさすぎる」

せっかく、神様に新たな肉体と人生を用意してもらったのだ。好きに生きろとは言われたが、だからと言って怠惰《たいだ》に消費しきるのも勿体《もったい》ない。

「うーん………他の町にでも行ってみるかい」

ハンターギルドはこの町だけではなくこの国の各所にある。それらを渡り歩きながら、漫遊するというのも悪くない。

前世では帝国に縛られていたのだ。ただただ、気ままな自由の身を楽しむというのもよさそうだ。

そう思いつつも、やはりラウラリスはすっきりとしなかった。

彼女は前世では、一つの目的のために人生の全てをかけた。

己《おのれ》の尊厳も栄光も悪評も……命さえも。

だからだろう。性根の部分に『明確な目標』へと進むことへの欲求が色濃く残っている。

最初の目標二つを達成するまではすごく充実していたのに、いざ確固たる指針がなくなると、無性にモチベーションが下がっていた。

「この辺《あた》りも、徐々に直していったほうがいいかもねぇ」

自由気ままに暮らしたい気持ちと、何かに向かって突き進みたい性分。二つが重なり合って落ち着かなくなる。

ある意味で、仕事中毒者《ワーカホリック》の気質が根づいてしまっているのだ。

「ま、そのうちなんとかなるだろう」

今悩んで答えが出ないのなら、明日悩もう。

とにかく、今日は手配犯のチェックだ。もしかしたら新しい手配書が貼り出されているかもしれない。

――しかし、彼女の次なる目的は、案外早く決まることとなる。

ラウラリスが道を歩いていると、ガチャガチャと金属が擦《こす》れ合《あ》う音が聞こえてきた。

何気なく視線を向ければ、同じ造《つく》りの軽鎧《けいがい》をまとう若い男数人が、忙《せわ》しなく人混みの中を駆け抜けていく様子が目に映った。町の住人は彼らの姿を見ると何も言わずに道を空けていく。

「ありゃぁ……警備隊か」

町の治安維持を目的として運営されている組織。ラウラリスも一ヶ月半近くこの町で暮らしていれば、巡回中の警備隊を何度も目撃している。

警備隊員の顔には緊張の色が濃く浮かんでいた。あの急ぎようだと、彼らが必要となる問題《トラブル》が発生したのだろう。

「……大丈夫かねぇ」

ある種の予感めいたものがラウラリスの中に芽生える。

少し考えて、ラウラリスは小走りに警備隊の後を追った。

暇を持て余していたということもあるが、ラウラリスの直感がそうさせたのだ。

ラウラリスの動きは長剣を背負っているとは思えないほど軽快だった。通行人の間を留《とど》まることなくスルスルと抜けていく。

誰も、ラウラリスが急いでいるとは思えないほどの自然な動き。

遠目からであれば、限られたスペースの中で優雅にダンスをしているようにも見えたかもしれない。

ほどなくして『現場』に辿《たど》り着くラウラリス。

人垣が出来上がっており、その内側では半ば彼女の予想通りの光景が広がっていた。

髭《ひげ》を生やした小汚《こぎたな》い男が壁を背にし、若い女性を拘束している。彼の手にはナイフがあった。それを、警備隊が取り囲んでいる形だ。中にはラウラリスが見かけた警備隊員も含まれている。

「これはまた、わかりやすい図だね」

状況の前後関係は不明だが、誰が悪いかは一目瞭然《いちもくりょうぜん》だ。

大方、ナイフを持っている男が問題を起こし警備隊に見咎《みとが》められ、何を血迷ったか近くにいた女性を人質に取ったのだろう。

過程は違ったとしても、それはどうでもいい。

はっきり言えば、ナイフを持った男はもう八方塞《はっぽうふさ》がりだ。

男の物腰から察するに、明らかに素人《しろうと》。とてもではないが、警備隊の囲いを突破するのは不可能に近い。

この手の場合、包囲する側はその範囲を徐々に狭《せば》め、ナイフを持った男に威圧感を与えるのが正攻法だ。その過程で男の反応を見て、人質を救出するか強引に男の捕縛に移るかを考える。

相手は素人《しろうと》だ。ちょいと脅《おど》してやれば降参するだろう。

本来ならば――

「いまいち頼りないんだよねぇ、あの子ら」

ラウラリスがまず気になったのは、警備隊員たちのほうだ。

包囲をしている警備隊員は総じて若い。中には今のラウラリスとさほど歳が変わらない者もいる。

それだけならまだいいのだが、問題なのは彼らの様子だ。

肝心の警備隊員たちの、ほとんどの腰が引けている。

明らかに緊張しすぎており、もしかしたら包囲されている当人以上に精神的に追いつめられている感じもある。

さらに言えば、時々男のナイフの切っ先が彷徨《さまよ》うと、偶々《たまたま》それを向けられた警備隊員がびくりと肩を震わせる。

「こりゃぁ、話に聞いていた以上に人手不足っぽいね」

ギルドの職員から警備隊の話は聞いていたが、想像よりもかなり深刻そうだった。

別に、警備隊と男がいつまでも不毛な睨《にら》めっこをしているのはいい。いくら警備隊員たちが屁《へ》っ放《ぴ》り腰であろうとも、この状況からすると彼らのほうが圧倒的に有利なのだ。

時間はかかるだろうが、いずれナイフを持った男が観念するのは確実だ。

だが、それでは人質にされている女性があまりも不憫《ふびん》だ。

年頃は今のラウラリスと同じくらい。荒事《あらごと》とは全く無縁そうな、普通の人間。間近に迫るナイフを目に、今にも泣き出しそうだ。恐怖は一体どれほどか。

「やれやれ。全く、しょうがないね」

今世のラウラリスは面倒事を嫌《きら》う。

常に自由でありたいし、誰かに束縛されるなど御免《ごめん》だ。

けれども、目の前の現実から目を背《そむ》けることは彼女の矜持《きょうじ》が許さない。

もはや女帝でなくとも、それこそがラウラリスという人間の根幹を成しているからだ。

嘆息を一度だけ零《こぼ》すと、ラウラリスは前に足を踏み出す。

そして、警備隊とナイフを持った男の間に入り込んだ。

「――――はっ⁉　おい君、止まりなさい！」

突然現れた美しい少女の姿に一瞬惚《ほう》けた警備隊員だったが、すぐに状況を思い出して我に返る。けれど、彼の声を耳にしつつもラウラリスは歩を止めない。

やがて彼女は、ナイフを持った男の前に躍《おど》り出《で》た。

男の目は血走っていた。彼は己《おのれ》の前に出てきた女性《ラウラリス》にナイフの切っ先を向ける。

ラウラリスに何かをするつもりではなく、自身の周りの動くものに過敏に反応しただけだ。

ラウラリスにはそれがわかっていた。

今の彼にとって、目に映る全てが警戒すべき敵として映っていることだろう。

刃《やいば》の先端を差し向けられても、ラウラリスは小揺《こゆ》るぎもしない。

彼女は一言だけ、告げた。

「おいたがすぎるぞ、小僧」

特別に鋭いわけでも、大きいわけでもない。

だが、それを耳にした男の呼吸が――止まった。

独り言にも受け取れる程度の声。言葉だけを聞けば、大したものではない。現に、この場に居合わせた人間の多くは、ラウラリスの言葉を聞いても特に変化はなかった。

けれども、ラウラリスに見据《みす》えられている男だけは別。彼は今まさに、心臓を鷲掴《わしづか》みにされたような恐怖に支配されていた。

見た目こそ可憐《かれん》な少女なのに、漂《ただよ》ってくる気配からは、濃密な『死』を強制的に認識させられる。

当然だろう。

恐怖と暴力で帝国を支配した女帝の殺気を、一身に浴びせられているのだから。

ラウラリスは何も言わずに、背負っている長剣の柄《つか》に手をかけ、僅《わず》かばかり刀身を覗《のぞ》かせた。

その容姿にそぐわぬ無骨な凶器に、男の顔が映り込む。

――気がつけば、男の手からナイフが零《こぼ》れ落《お》ちていた。

今すぐにナイフを手放さなければ、ラウラリスの背負っている剣によって己《おのれ》が両断される。

男は頭よりも先に、本能で理解したのだろう。また、女性を拘束していた腕も自然と解かれていた。

自由の身になった女性は何が起こったのか全くわからず戸惑っている様子だ。

だが、ラウラリスが手招きをすると慌《あわ》てたように彼女のもとへと走ってきた。

ラウラリスは駆け寄ってきた女性の躰《からだ》を受け止め、安心させるように背中を撫でる。

そして、小さく抜いていた剣を鞘《さや》に戻すと背後を振り返り、怒鳴《どな》り声をあげた。

「ほらお前たち！　さっさと仕事しな‼」

男は武器を手放し、人質も解放された。もう警備隊を阻《はば》むものは何もない。

その事実をようやく理解できた警備隊員の一人が、いまさらのように号令をかける。

「か、確保しろぉぉおっっ‼」

慌《あわ》てて警備隊は男の確保に殺到した。

とはいっても、男はすでに力を失ってへたり込んでおり、目は虚《うつ》ろ。ただただ小刻みに肩を震わせているだけであり、捕まえるのは容易すぎる。

「んー、ちょっちやりすぎちまったか」

女性の安全を優先した結果だが、明らかに殺気を込めすぎた。

次に似たようなことがあれば、もう少し加減をしたほうがよさそうだ。

いや、似たようなことがないほうがいいのだけれど。

ともあれ、怪我人《けが》が出ることもなく、ナイフを持っていた男が捕縛されたのはよかった。

「じゃ、私はこれで。あとは警備隊に頼りな」

涙を浮かべる女性の頭を軽く撫でてから、ラウラリスは颯爽《さっそう》と去る。

――が、そんな彼女の前に、腕を組んで立ち塞がる男たちがいた。そのうちの一人はラウラリスにも見覚えがあった。

ひと月半前、この町に来たばかりのラウラリスに、ハンターギルドのことを教えてくれた男だ。名前は確か、グスコだったか。

「よぉ、しばらくぶりじゃないか」

「随分《ずいぶん》と元気そうだな、お嬢さん」

ラウラリスは旧友に挨拶《あいさつ》するように気軽に声をかけた。逆に、グスコのほうはなんとも言えない複雑な表情を浮かべる。

「……あいつは、あんたがやったのか？」

グスコは顎《あご》をしゃくり、呆然としたまま警備隊のお縄につく男を示した。警備隊が男を縛り上げる手際は、先ほどまでの屁っ放り腰《へっぴりごし》に比べれば随分《ずいぶん》とマシになっている。

「さぁね。私はただ、あの馬鹿タレを睨《にら》みつけただけだよ」

実際に男には指一本触《ふ》れてはいないので間違いではなかったが、これを信じてもらえるかは微妙なところだ。

中身はババァだが外見は美少女。十代半ば頃の娘の眼光は、普通であればどれほどのものか。客観的に考えれば信じられる要素などないだろう。

現に、グスコと一緒にいるハンターたちは、怪訝《けげん》な顔をしている。

身の丈に不釣り合いすぎる長剣を背負っているが、こんな少女に何ができたのかと。

一方で、グスコはといえば、まるで探るような目つきでラウラリスを見据《みす》えている。

「何はともあれ、ご協力には感謝する。お陰で、迅速に解決を迎えることができた」

「そういやぁ、あんたらは町の長《おさ》に雇《やと》われて、警備隊を手伝ってるんだっけか」

グスコたちがこの場にいるのは、おそらくナイフを持った男を捕縛するために応援として駆けつけたからだろう。

「出番を奪っちまって悪いね」

ラウラリスが謝ると、グスコは首を横に振る。

「いや、いい。本来ならあの程度、警備隊の奴らだけで対処してもらわんとダメなんだがな」

嘆くように、グスコはため息を吐《つ》いた。

なんだか、込み入った事情があるようだ。

（ま、私には関係ないか）

積極的に問題に関わるつもりはない。

ものすごく白々しい気もするが、ないったらないのだ。

「そういやお嬢さん。最近ギルドの中で噂になってる、『手配犯捕縛で荒稼ぎしてる女』ってのはあんたのことだよな？」

「だろうね。そういやぁ、あんたにはギルドを紹介してもらった借りがあったね。お陰でこうして今日まで食い繋げてるよ。どうだい、恩返しに何か奢《おご》らせとくれよ」

「あの程度、貸しにもならないと思うんだがな。――が、奢《おご》ってくれるというのならば、ありがたく同伴しよう」

冷静な人間像《キャラ》と思いきや、案外ノリはいいらしい。

意気投合《いきとうごう》し始める二人だったが、そこに割り込んでくる一人の若者がいた。

「そこの女！」

「ん？」

こちらに向かってくるのは、一人の警備隊員。何やらお怒《いか》りのようだ。

「貴様を公務執行妨害《こうむしっこうぼうがい》の罪で逮捕する！」

「「…………………は？」」

ラウラリスとグスコは、揃って口をぽかんと開けてしまった。

――結局のところ、だ。

面倒事やしがらみには関わりたくないと、いくら口にしていても無駄だった。

ラウラリス自身が、トラブルに自《みずか》ら突っ込んでいく、超行動派ババァだからである。

第七話　連行されるババァ

幸いというべきか、ラウラリスは町の牢屋《ろうや》に放り込まれるようなことはなかった。現場を目撃していた町民の証言や実際に助けられた女性、グスコの弁護があったからだ。

とはいえ、完全に無罪放免《むざいほうめん》ともいかなかった。

ハンターであるならまだしも、ラウラリスは一応は一般人。そんな者が警備隊の仕事に割り込んだのだ。それも仕方のないことであった。

もっとも、あの警備隊員——後から聞いたところ、正確には警備隊長だった——が妙なことを叫ばなければ、後腐れなくあの場で終わっていたには違いなかったのだが。

そんなわけで、ラウラリスはこの町の行政を担《にな》っている役所に連れてこられた。事情聴取のようなものをさせられるそうだ。

大きさはギルドと同程度。一ヶ月半程度の生活で場所そのものは知っていたが、こうして建物の中に入るのは初めてだった。

中ではそれなりの数の人間が忙《せわ》しなく動いている。

武器を持っている者はほとんどいないが、雰囲気はギルドに近いものがあった。ギルドと同じように受付があり、そこでは一般人と職員が話している。陳情《ちんじょう》などであろう。

「きょろきょろするな。ついてこい！」

「あいよ」

役所の中を観察していたラウラリスに、前を歩く警備隊長が振り返り、強い声で言う。おそらくは威厳を出すために怒気を込めているのだろうが、ラウラリスは綽々《しゃくしゃく》と返した。

全く怯《ひる》む様子のないラウラリスへの苛立《いらだ》ちを隠さず、警備隊長は舌打ちをして前を向き直す。

そんな彼を見て、ラウラリスは笑みを浮かべた。

なんだか、精一杯に背伸びをしている子供を見ているような気分だ。彼女の中身を考えると、その年齢差はまさに、祖母と孫であるから無理もなかった。

ほどなくして、ラウラリスが案内されたのは役所の一室だ。

警備隊長が扉をノックし、部屋の中から返事が来ると中に入る。

部屋の奥の執務机についているのは、初老の男性だった。警備隊長が彼にビシッと敬礼をする。

「公務執行妨害《こうむしっこうぼうがい》の現行犯を連れてまいりました！」

「いや違うから。むしろ助けた側だから」

警備隊長の口上《こうじょう》を即座に否定したラウラリス。キッと睨《にら》みつけられたが、逆にギロリと睨《にら》み返してやる。

途端、警備隊長の顔色が悪くなり、視線を彷徨《さまよ》わせた。

背伸びをしたがる若人《わこうど》を微笑ましくは思うけれども、中傷にはきっぱりと反論するババァである。

「後は私が引き継ぎます。あなたは巡回に戻ってください」

「は……はっ！」

ラウラリスに気圧《けお》されていた警備隊長だったが、男性の言葉に我に返ると、もう一度敬礼して逃げるように部屋を去った。

まるで置き去りにされたような感じもあるが、ここまで来て一言も会話をしないのもどうかと思う。

なので、ラウラリスはとりあえず口を開いた。

「あんたが、警備隊の元締めかい？」

「ええ。この町の町長を任されているイームルと申します。お嬢さんのお名前を伺《うかが》ってもよろしいでしょうか」

「ラウラリスだ。フリーの賞金稼ぎみたいなもんさ」

初老の男性——イームルは、少女の名を聞いて驚いたように目を開いた。

「確か、三百年近く前にこの辺《あた》りを支配していた皇帝も、同じ名前でしたかな」

「ああ、そのラウラリスさ」

皮肉を交《まじ》えて、ラウラリスは言った。

「当人です」と口にしたところで信じてもらえないだろう。逆に、信じられたらそれはそれで大問題のような気もするが。

ともあれ、帝国の記録は現代まで残っているようだ。

これまでは生活基盤を作ることに専念していたが、機会があれば、帝国が今の世にどう伝わっているのかを調べてみるのも一興《いっきょう》か。

「ではラウラリスさん、詳しい事情を聞かせてください。先ほどの様子を見ると、何やら行き違いがあったようですが」

「行き違ってたのは、あの警備隊長さんだけだがね」

ラウラリスは事の経緯を簡潔に説明した。

とはいえ、実のところ、刃物を持っていた男が具体的に何をどうしたのか、今の今まで全く聞かされていない。なので、ラウラリスが居合わせた時の状況だけを伝える。

一通りを話し終えると、イームルは疲れたように肩を落とした。

「……ご協力、感謝いたします。お陰で怪我《けが》人を出すことなく、事態を収束させることができました。後ほど、お礼金を支払わせていただきます」

「お、いいのかい？　もらえるもんはありがたく頂戴《ちょうだい》するけどね」

少なくとも、今回に関しては金目当てではなく成り行きだ。予想外の収入になってしまった。

警備隊長には感謝しなければならない。彼がここに連れてきてくれなければ、お礼金の話が発生することもなかったかもしれないからだ。

表情を明るくしたラウラリスとは対称的に、イームルは沈痛な面持《おもも》ちで口を開く。

「それと、大変申し訳ない。協力していただいたのに、犯罪者のような扱いをしてしまって」

「あんたが謝るようなことじゃない。警備隊の仕事を奪っちまったって面じゃぁ、『妨害』ってのもあながち間違いでもないからね」

ラウラリスが手を出さなくても、少し待っていればグスコが現場に駆けつけていたのだ。解決は遅いか早いかの違いだっただろう。

ただ、ラウラリスには気がかりがあった。

最初こそ踏み入るつもりはなかったが、目の前に町長《イームル》がいるのだ。

ちょうどいい機会だと、ラウラリスは口を開く。

「なぁ、ちょっと聞いていいか？」

「なんでしょうか」

「どうして警備隊は、あんなに若い奴らばかりなんだい？」

あの現場で見た限り、警備隊員たちは若者ばかり。

ラウラリスをここに連れてきた警備隊長は、二十代の半ば頃に見えた。

若かろうが実力があれば問題ないだろうが、女性を人質にされた場面で、隊員たちは皆、警備隊長も含めて腰が引けていた。

明らかに、場数を踏んでいないという証拠だ。

「隊長格が若いのはまだいいとして、だとしても何人かは経験者《ベテラン》を交ぜとくのが普通だろ」

未熟な若者ばかり集めた集団。古い考えを持つ老人ばかりを集めた集団。

ともに待ち受けるのは破綻《はたん》しかない。年齢のバランスを考えることも、組織を運営する上で重要なことだ。

「……痛いところを突きますね」

イームルは笑みを浮かべたが、それには苦味が多分に含まれていた。

「おっと、部外者が口を出すような話じゃなかったか」

「いえ。……町民の間でも口にされていることですし、いまさらですよ。おっしゃる通り、今の警備隊にはまだ経験不足の若者しかおりません」

ラウラリスの言葉に視線を一度下げ、それから改めて彼女のほうを向くイームル。

「というのも、少し前に警備隊の主《おも》だった経験者《ベテラン》たちが軒並《のきな》み引退してしまったんですよ」

イームルの話によると、その中には、長年警備隊を率《ひき》いてきた隊長も含まれていた。

そのため、今の警備隊を構成しているのは、経験の浅い若い衆ばかり。

警備隊長は、その中で一応は最年長ということで選ばれたようだ。

おそらく、今の警備隊員たちは必要最低限の教育だけを受けて、現場に出されているのだろう。

いきなり船に乗せられ海原《うなばら》へ放り出されたようなもの。それで生き残れというのは酷《こく》な話だ。

「なんでまた、そんな極端な話になっちまったんだよ。引退の期間をもう少し先延ばしにすればよかったのに」

ラウラリスが少し呆《あき》れながら尋ねると、イームルは目を伏せた。

「いえ、もう十分に先延ばしにしてもらった結果がこれでして」

ここから続く話が、ちょっと酷《ひど》かった。

元警備隊長は、随分《ずいぶん》前から警備隊の募集をかけるように、町長に陳情《ちんじょう》していたのだ。経験豊富な隊員たちの高齢化が進んでおり、遠からず軒並《のきな》み引退する。そうなる前に、新しい警備隊員を増やして教育をしたいと。

警備隊の運営は町が――町長が行《おこな》っている。彼の許可がない限りは勝手に募集をかけることができなかったのだ。

だが、町長が新人の募集をかけたのは今からほんの数年前。

引き継ぎを行《おこな》うにはあまりにも期間が短すぎた。

元警備隊長もどうにか後任を育てようと手を尽くしたが敢《あ》えなく定年を迎え、経験者《ベテラン》たちが辞めた後に残されたのは、教育が不十分な上に経験も浅い、若い隊員たちだった。

結局は、元警備隊長が危惧《きぐ》していた通りの状況に陥《おちい》っている。

経験の浅い警備隊員は、犯罪者を前にしても及び腰。ナイフの切っ先を向けられた程度で萎縮《いしゅく》してしまう。それでは使いものにならないだろう。

「今はその穴埋めとして、ハンターを雇《やと》っている状況でして……情けない限りです」

困り果てたように言うイームルであったが、ラウラリスからしてみれば完全に彼の不手際。自業自得《じごうじとく》だ。

おそらく、警備隊の教育というものを甘く見ていたのだろう。

短期間で終えられると思っていたら、出来上がったのは弱体化してしまった組織だ。

町長は警備隊だけではなくこの町の行政を総括しているだけに、一つの分野に集中するわけにはいかないのかもしれない。

だが、それならば、元警備隊長の言葉に素直に従っておくべきだった。

書類の数値ばかりを見て、現場をロクに知らない組織の運営がよくする失敗だ。

「……ところでラウラリスさん。次はこちらから質問してもよろしいでしょうか？」

唐突にイームルが尋ねてきたので、ラウラリスは首を傾《かし》げる。

「なんだい？」

「最近噂になっている、この町の鉄級《メタル》手配犯を根刮《ねこそ》ぎ捕縛しているというのは……」

「そりゃ私だね」

「で、でしたら……」

「私はこの町に長期間いるつもりはないよ」

「そ、そうですか。……それは残念です」

イームルの言葉を先読みしたラウラリスは、あらかじめ釘を刺しておく。でなければ、彼の口からラウラリスへの勧誘が飛び出していただろう。

イームルは、噂になるほど強い彼女を引き入れることができれば、警備隊の人材不足も緩和されるだろうと思っていたに違いない。

自由気ままに生きるつもりのラウラリスにとっては枷《かせ》でしかない。

（とはいえ、だ）

やっぱり事情を聞いたのは失敗だったと、ラウラリスは後悔してしまった。

昔から――生前からそうだったのだ。

目の前に問題がある。

それを解決する力が自分にある。

この二つが揃ってしまうと、もうダメなのだ。

――ラウラリスという女は、見過ごせない。

（さて、どうしたもんかい）

ラウラリスが警備隊に入る、という選択肢は論外だ。そこだけは譲れない。ならば、妥協案《だきょうあん》を探すしかない。

少しだけ考えて、ラウラリスは結論を出した。

「町長。あんたに提案がある」

バンッと、ラウラリスは執務机を叩いた。軽快な音に驚き、町長は目を瞬《しばた》かせる。

交渉の方法にはいくつかの種類がある。

そのうちの一つが、とにかく相手を勢いに乗せることだ。

相手が考える暇もなく、一気に本題を出してしまうのだ。

「一ヶ月ほど、私に警備隊を預けな。それで、どうにかしてやるよ」

「どうにか……ですか？」

「少なくとも、木っ端《こっぱ》な悪党なんぞ目じゃないくらいには鍛《きた》えてやる。もちろん、その間の経費諸々《もろもろ》は請求させてもらうがね」

普通に考えれば、一般人の娘が思いつくような話ではないし、まともな人間なら受け入れるような提案でもない。

だが、ラウラリスの異様な自信に、イームルは気圧《けお》される。精神的にはもう完全にラウラリスに負けていた。

何せ、彼女と彼とでは、人を操《あやつ》ることにかけては年季が違うのだ。

「……よろしいのでしょうか？」

「ただまぁ、やり方は私に任せてもらうよ。ちょいと無茶をすることになるだろうが、今の警備隊にゃぁ荒療治《あらりょうじ》も必要だ。けど、その代わりに立派な警備隊に仕立て上げてやる。どうだい、この案に乗るかい？」

――この時、イームルは少女の背後に別の存在を垣間見《かいまみ》た。

自分には手の届かない、大きすぎる誰かを。

彼女はまるで、甘い蜜《みつ》を与える悪魔、だと。

危険だと頭の片隅は警告を発しているのに、魅力的な提案に引き込まれてしまう。

まさしく悪魔との契約のようだ。

そして――

「……警備隊のこと、よろしくお願いします」

「はい、契約成立♪」

イームルは恐る恐る、ラウラリスは意気揚々《いきようよう》と握手を交《か》わしたのであった。

第八話　模擬戦《もぎせん》をするババァ

イームルと契約を結んだ翌日。

警備隊屯所《とんしょ》の訓練場にて。

「――と、いうわけで！　今日から一ヶ月程度、警備隊《あんたら》の頭を張ることになったラウラリスだ！　短い間になるけど、以後よろしく‼」

警備隊は町長の命令で朝早くに訓練場の広場に集合させられていた。

そして、町長の軽い挨拶《あいさつ》の後にぶち上げられたラウラリスの発言に、誰もが唖然《あぜん》としていた。

そんな中で、いち早く我に返ったのは警備隊長だった。

「ふ、ふざけるな！　そんなこと俺は聞いてないぞ⁉」

「昨日決まったことだから当然だね！」

怒《いか》りを露《あら》わにしてつめ寄ってくる警備隊長に待ったをかけるように、ラウラリスは一枚の書類を取り出した。

「な、なんだこれは」

「私に警備隊に関する全ての権限を任せるという契約書さ。町長の直筆サイン入りのね」

「く、こんなもの！」

何を血迷ったのか。警備隊長はラウラリスの持っていた契約書を奪い取り、その場で破り捨ててしまう。

「どうだ！　これで――」

「悪い。もう一枚あるんだなこれが」

さっと、ラウラリスは破かれた契約書と同じものをもう一枚取り出した。警備隊長の行動を予想し、あらかじめ二枚用意していたのだ。

己《おのれ》が破ってできた契約書の紙切れと、ラウラリスの手元にある綺麗な契約書を見比べ、警備隊長の顔が真っ赤になる。からかわれたと思ったのだろう。

「このっ！」

「おおぉっと、さすがにこいつはダメだ」

再度、警備隊長はラウラリスの手から契約書を奪おうとするが、彼女は半身《はんみ》をずらして伸ばされた手を躱《かわ》す。そして彼の躰《からだ》が前につんのめると軽く足を払ってやる。すると、彼は面白いようにコテンとその場に転んでしまう。

その隙に、ラウラリスは契約書を折り畳むと、今度は奪われないように仕舞い込んだ。

「まぁわかるよ、今のあんたらの気持ちも。これまで精一杯やってきたのに、突然私みたいな娘が来たら驚くだろうし、気分もよくないだろう」

ラウラリスの言葉に、警備隊長を含め、隊員全てが何か言いたげな表情をする。

肉体的に若くなったのはいいことだが、やはり外見的な威厳が皆無になったのだけは困ったもの。

以前のような女帝の姿ならともかく、今の美少女スタイルだと、誰かを魅了することはできても従えることなどできない。

特に、警備隊のような武力が必要とされる組織では。

ならば、手っ取り早く人に『頭』と認識させる方法は一つだ。

「だから、まずはゲームをしようじゃないか」

警備隊の面々に、そして立ち上がりながらこちらを睨《にら》みつけてくる警備隊長に、ラウラリスは不敵な笑みを向ける。

「ルールは簡単。誰か一人、私と模擬戦《もぎせん》をしてもらう。もし私に勝てたら、この話はなかったことにしてやるよ」

実力をもってわからせてやればいいのだ。

誰がこの集団のトップであるかを。

訓練場の隅に警備隊員たちが下がり、中央で向き合うのはラウラリスと警備隊長。

「そういやぁ、あんたの名前を聞くのを忘れてたね」

「……ヒルズだ」

ラウラリスと模擬戦《もぎせん》を行《おこな》うと言うと、いの一番に手を挙げたのが彼だった。

警備隊長というだけあり、年齢だけではなく実力的にもトップ。

ラウラリスの目論見《もくろみ》としても悪くない相手だ。

「そうかいヒルズ。じゃまぁ、お手柔らかに頼むよ」

そう言って、ラウラリスは背から鞘《さや》ごと長剣を引き抜いた。

この鞘《さや》は特注品であり、抜剣用のスリットが入っている一方で、剣と鞘《さや》をがっちりと固定できるようになっている。

さらに同じく特注品のベルトには、剣を鞘《さや》ごと外せるように細工が施《ほどこ》されているのだ。

理由は、手加減をする時に鞘《さや》に入れたまま剣を使うためである。

「ん、いい感じだね」

鞘《さや》に入ったまま使おうとすると、普通に扱う時とは持った際のバランスが変わって

くる。

それを確かめるために、ラウラリスは両手で柄《つか》を持ち、ブンブンと剣を振るった。

（さぁ、お手並み拝見といこうかね）

ラウラリスはニヤリと口の端を引き上げた。

◆◆◆

軽々と鞘《さや》入りの長剣を扱うラウラリスに、警備隊員たちが唖然《あぜん》とする。

最初はハッタリかと思っていた長剣が、全くそうはなっていない。

武器に振り回されるどころか、自在に操《あやつ》っている様《さま》を見せつけられる。

警備隊長――ヒルズの顔が引きつった。

正面から見せつけられているだけに、その迫力は他の警備隊員が感じているものとは比べものにならないだろう。

が、すぐに表情を引き締めると、訓練用の木剣《ぼっけん》を強く握る。

「さ、どこからでもかかってきな。私に一発でも入れられたら、あんたの勝ちだよ」

ラウラリスは、そう言って不敵に微笑む。

「──ッ、舐《な》めるなよ！」

自分はこの町の警備隊を率《ひき》いる男。ぽっと出の娘にとって代わられるほど、安い役を担《にな》ってきたわけではない。

胸中に渦巻《うずま》く感情を原動力に、ヒルズはまっすぐ踏み込みながら剣を振りかぶる。

──次の瞬間、ヒルズの躰《からだ》は宙に舞っていた。

「え？」

世界がぐるりと回る。全く状況がわからない。

だが少し遅れて半身に衝撃が走り、意識が現実に引き戻された。

「馬鹿だねぇ。相手との間合いを考えなよ」

逆さまになった視界の中で、長剣を担《かつ》いだラウラリスが嘆息している。

ようやく自分が、地面に仰向けになって倒れているという事実が呑み込めた。

「なに──が……」

先ほどの衝撃で息がつまるも、ヒルズは木剣《ぼっけん》を支えにしながら立ち上がる。そこで、己《おのれ》の脇腹に鈍《にぶ》い痛みがあることに気がついた。

警備隊に支給されている鎧《よろい》。その脇腹の部分が凹《へこ》んでいたのだ。

他の警備隊員たちは、外からヒルズが倒される様子を見ていた。

ヒルズが間合いに入った瞬間、ラウラリスが長剣を振るった。

言葉にすればただそれだけ。

それだけのことなのに、言葉を失うには十分すぎる光景だった。

人間とは、ああも簡単に宙を舞うものだと、目の当《ま》たり《あ》にした誰の頭にも刻みつけられていた。

◆◆◆

一方で、ラウラリスはかなりドキドキしていた。

（ふぅ、よかった。とりあえず手加減はちゃんとできたようだね）

この長剣を手にしてから、実際に人間を相手に使ったのは初めてだったのだ。ここ最近の手配犯たちは素手で十分だったので、わざわざ長剣を使わなかった。素振りは十分に重ねてきたが、動く標的を相手にすると勝手が変わる。

この模擬戦《もぎせん》は、ラウラリスの格を見せつけるのと同時に、彼女自身が長剣の使い心地を確かめる機会でもあったのだ。

必要以上に怪我《けが》をさせず、吹き飛ばす程度の力加減は今ので覚えた。一発で成功して、ラウラリスはホッとする。

そんな動揺をおくびにも出さず、ラウラリスはなおも不敵に言ってみせた。

「ほらどうした。おねんねするにはまだ早いよ」

「く――このっ！」

ヒルズは立ち上がると、再びラウラリスに向かって踏み込む。

ラウラリスはヒルズが間合いに入ったのを見計らい、先ほどと同じように剣で薙《な》ぎ払《はら》う。

「二度目は食らわな――」

来るとわかっていれば、反応することは難しくないと思ったのだろう。今度は吹き飛ばされぬように、ヒルズは剣を盾代わりにし、ラウラリスの攻撃を受け止めようとする。

巨大な鉄の杭《くい》で打たれたかのような、重い一撃。

たかが木剣《ぼっけん》一つで受け止められるような生易しい重さではない。盾にした木剣《ぼっけん》ごと、彼の躰《からだ》は宙を舞った。

「剣の一本で防御できるはずないってのに。武器の質量差が段違いだってのさ」

ラウラリスは特別に大柄ではない。ごく一部分の発達さえ除けば華奢《きゃしゃ》な少女だ。

けれども、その鍛《きた》え抜《ぬ》かれた体躯《たいく》には一切の無駄がない。

全身連帯駆動《ぜんしんれんたいくどう》を用いて発揮されるパワーは、人間を一人吹き飛ばしてもなお余りある。

もちろん、ヒルズはそれを知る由《よし》もない。

だが、この少女が見た目通りでないことをようやく理解し始めたようだ。少なくとも、パワーでは己《おのれ》が敵《かな》う相手ではないと認めたらしく、顔つきが変わっている。

ラウラリスが手加減をしたこともあるが、ヒルズはまだ折れていなかった。少なくとも根性はそれなりにあると、ラウラリスはニヤリと笑う。

「とはいえ、打たせてばっかりじゃ不公平だね。今度は私から行くよ」

タンッと、ラウラリスは足を一歩前へ踏み込んだ。

ヒルズは身構える。

あの力は驚異的だが、あんな質量を抱えて素早い動きなど不可能だ。

一撃を回避して反撃を仕掛ける。

回避に全神経を集中させれば、不可能ではない。

あの長剣のリーチを予測し、その切っ先の動きを見逃さなければいい。

一撃さえしのげれば、あの長剣だと今度は間合いが広くなるから、すぐには攻撃してこないはずだ。

「――とか、思ってるんだろうさ」

「なっ⁉」

ヒルズが気がついた時には、ラウラリスはすでに彼の懐《ふところ》深くにまで踏み込んでいた。瞬《まばた》き一つする間に、二十歩近くある間合いをほぼ零《ゼロ》にまで縮めていた。

横から振るわれる長剣。

ヒルズは防御ができないのは先刻承知とばかりに、とっさに回避しようと飛び退《の》くが、それも無理な話だ。

何せ、ラウラリスの長剣は彼女の身の丈に迫るほど。とっさの回避で稼げるような距離ではない。

またしても、ヒルズの躰《からだ》が派手に吹き飛んだ。

長剣というのは本来、広い間合いで戦うための武器だ。だが、ラウラリスはあえてその武器での超近接戦を選んだ。

それは、相手がどこに逃げようとも、己《おのれ》が振るう『暴力』の標的になるということを叩き込むためだった。

「ざっとこんなもんかね」

ラウラリスは頃合いを見計らって、長剣の鞘《さや》を背のベルトに戻した。まるで、模擬戦《もぎせん》は終わったと言わんばかりに。

ヒルズは――立ち上がれなかった。

肉体的にはまだ問題ない。多少の痛みはあるが、地面に叩きつけられた拍子のもので、軽い打ち身程度だ。

しかし、心が半ば折れているのだろう。

「お前は……何者なんだ……」

ヒルズは、三度の斬撃《ざんげき》をその身で受け止めて、無理やりにでも理解させられたはずだ。

目の前にいる少女が、少女の皮を被《かぶ》った化け物であると。

この世のものとは思えないというような目を向けられ、ラウラリスは笑みを浮かべた。

しかし、それを見たヒルズはビクリと震える。

相も変わらない可憐《かれん》な笑みのつもりであったが、ヒルズを怯《おび》えさせるには十分だったらしい。

それは、周囲で模擬戦《もぎせん》を観戦していた警備隊員たちも同じようだ。

若いながらもこれまで自分たちを引っ張ってきた隊長が、いとも簡単に吹き飛ばされる様《さま》を見せつけられたのだ。

程度の差はあれど、ヒルズとほとんど同じ思いを抱《いだ》くのは当然だろう。

そんな彼らの心境が手に取るようにわかり、ラウラリスは口を開く。

「はっきり言って、今の警備隊は頼りないよ。ナイフを持ったど素人《しろうと》相手に尻込みするなんぞ情けない」

地に伏したヒルズは、あからさまな侮辱《ぶじょく》にカッとした顔をする。だが、言葉が飛び出す前にそれを呑み込み、握り拳《こぶし》を固めた。

ラウラリスの言葉が正しいと、わかっているからだ。

そして、否定するだけの力が己《おのれ》にないことを、身をもって思い知らされたからだ。

ラウラリスは、そんなヒルズに声をかけた。

「あんたらにも同情の余地はある。いっぱしの警備隊になる前に、頼りになる先輩が辞めちまったんだからな」

これぱかりは町長の判断ミスだ。今の警備隊だけを責めるのは筋が違う。ラウラリスもその点に関しては理解していた。

「けど、残念ながら世間様はそうは見てくれない。あんたら警備隊がしっかりしないで、誰がこの町を守るんだ？　まさか、このままずっとハンターに頼る気かい？」

今、この町の治安維持を担《にな》っているのは、町長に雇《やと》われたハンターだ。彼らがいるからこそ、この町は以前と同じく平和であるのだろう。

「悔しいとは思わないのか？　本来は自分たちが担《にな》うべき役を他人《ハンター》に奪われて。誇《ほこ》るべき職務を誰かしらに任せている現状を」
警備隊員たちは皆、顔を伏せた。
ヒルズも、歯を食いしばりながらラウラリスから視線を逸《そ》らす。
悔しくないわけがない。そんな感情を誰もが抱《いだ》いていた。
ラウラリスは小さく笑う。
（どうやら、最低限の気概は残っていたようだねぇ）
警備隊を単なる雇用先とは思っていない。己《おのれ》の職務を誇《ほこ》るべきものだと感じている。
そんな誇《ほこ》るべき職務を他人任せにしていることに憤《いきどお》りを覚えている。
ならば、まだ見込みはあった。
「一ヶ月だ」
凛とした声が、訓練場に響く。
ハッと、その場にいた全員が顔を上げた。
指示されたわけではない。
だが、耳に届いたその声には自然とそうさせる何かが含まれていた。
「一ヶ月で、私がいっぱしの警備隊に鍛《きた》え上《あ》げてやる」
彼らから伝わってくる感情は、戸惑いだった。

いきなりそんなことを言われれば、誰だって迷う。

たったひと月で、何ができるというのだろうか。そう疑われてもおかしくない。

だからこそ、この模擬戦《もぎせん》が必要だった。

ラウラリスの実力はただの口先だけではないのだと、わからせるために。

「……本当に」

ノロリと、心が折れていたはずのヒルズが立ち上がる。

「本当に……お前にそれができるというのか？」

だが、彼は身をもって理解したのだ。

この少女が、己《おのれ》とは比べものにならない力を有《ゆう》していると。

だからこそ、ヒルズは、彼女の言葉に説得力を感じたのだろう。

ラウラリスは、大きく頷いて答える。

「もちろんさ。もっとも、今からするのは荒療治《あらりょうじ》だ。生半可《なまはんか》な覚悟じゃ到底あんたらには耐えられない」

本来なら数年を費《つい》やすところを、たったの一ヶ月につめ込むのだ。

「覚悟がなけりゃぁ今すぐこの場を去りな。死ぬ気でついてこられる奴だけが残れ」

「……そんなの、当然だ」

ヒルズはラウラリスの前まで来る。

その目には覚悟があった。どんなことがあろうとも、やり遂げてみせるという強い意志。

ラウラリスが求めていた決意の目があった。

疑問はあるだろう。戸惑いもあるだろう。憤《いきどお》りもあるだろう。

その全てを呑み込んだのであろう、ヒルズが手を前に差し出した。

「今から、俺たちのトップはあんただ。よろしく頼む」

しかし、そう言ったすぐ後、ヒルズは「いや」と首を横に振った。

「よろしくお願いします、ラウラリスさん」

そう告げて他の隊員たちを見回す。

皆が強い決意を抱《いだ》き、ラウラリスを見据《みす》えていた。

ラウラリスは、差し出された手を力強く握り締める。

「その覚悟に恥じぬ、立派な警備隊にすることを約束しよう」

それは町長と契約をした時の握手《それ》とは違った。

ともに、同じ目標へと歩む者が交《か》わす、運命共同体となった証だ。

——そして、警備隊が味わうことになる過酷な一ヶ月の幕開けでもあった。

第九話　ひたすらに走らせるババァ（ババァも走る）

ラウラリスは元女帝ではあったが、それと同時に帝国軍の最高司令官でもあった。

それは単なる名ばかりのものではない。

一時は身分を隠し、一兵卒として戦場の最前線を幾度となく経験している。

皇族の生まれなので元から立場は高かったものの、重ねた武功は紛《まぎ》れもなく本物であり、実質的にはほぼ叩き上げで軍のトップにまで上《のぼ》りつめた女傑《じょけつ》である。

だからこそ、新兵の育成も経験があった。

軍の教官時代、かつてラウラリスが面倒を見た兵たちは、たとえ平民出身者であろうともほとんどの者が精鋭《せいえい》と呼ばれるほどに成長し、軍の中核を担《にな》うまでに至っていた。

中にはラウラリスが軍を離れた後、皇帝になったと知り、その直参部隊への入隊を希望する者もいた。

そんなこんなで、ラウラリスは新兵を鍛《きた》え上《あ》げる術《すべ》を知り尽くしていた。

――というわけで、ラウラリスがまず最初に警備隊たちに行《おこな》わせたのは『走り込み』だ。

警備隊のトップに君臨した三日後、ラウラリスがまず最初に警備隊に課したのは、訓練場の外周をひたすら走ることであった。

もちろん、警備隊の仕事も疎《おろそ》かにはしない。

今走っているのは警備隊員の半数。もう半数は普段通りの巡回任務だ。

少なくなった人員の分は、一時的にハンターを増員することでカバーしていた。

先頭を走っているのは、ヒルズとラウラリスだ。

「あ……あのっ、ラウラリス……さん！」

「なんだい。走りながら喋《しゃべ》ると息切れするよ」

もう何周走ったか数えるのも馬鹿らしいほどの距離を走っている。

すでにヒルズは息も絶え絶えといったところ。他の警備隊員も似たり寄ったりだ。

「どうして……いまさら体力作り……なのですか？」

この手のメニューは、まだ先代の隊長や古参の隊員たちがいた頃に散々やらされてきたと聞いていた。

その他、普段から定期的にトレーニングは行《おこな》ってきている。

改めて行《おこな》うまでもない、とヒルズは思っているのだろうが。

ラウラリスはヒルズのほうを向くと、大きな声で言った。

「馬鹿言ってんじゃないよ。この程度でへばるようじゃ全然足りないっての」

同じ距離を走っているはずのラウラリスは、ケロッとしていた。

走り始めた当初は、己《おのれ》よりも若い女性に負けてなるものかと意気込んでいた隊員たちも、やがてはラウラリスの驚異すぎる体力についていけず、もはや足を止めずにいるだけで精一杯であった。

「この間みたいに事件に遭遇して、体力を使い果たしたらどうすんだい」

尋ねてくるラウラリスに、ヒルズは弱々しく答える。

「あのような……こと……そうそうありません」

「それを決めるのはあんたじゃないし、誰でもない。その日の巡り合わせだ。一回の問題でへばってたら、次に問題が起きた時にどう対処するんだい」

「それ……は……」

ヒルズはラウラリスの言葉に項垂《うなだ》れてしまう。

この町は、おそらく治安はよいのだろう。鉄級《メタル》の手配犯はいても、ほとんどが小悪党。頻繁に誰かを害するような類《たぐい》ではなく、目立っていて顔の割れている輩《やから》に報奨金《ほうしょうきん》がかけられる形だ。

だからといって、犯罪や問題が起きないわけではない。もしこの先、立て続けにあのような事件が発生したらどうなるか。

一つの事件を解決するのに体力を使い果たせば、次に何かが起こった時に現場に駆けつけられない。駆けつけたとしても、事件を収束させることなどできない。

戦場では体力がなくなった者から脱落していく。逆を言えば、体力さえ残っていれば危機に陥《おちい》っても格段に生存率は上がる。

「実戦で大切なのは体力だ‼　一に体力、二に体力。三四《さんし》も体力、五に体力‼」

ラウラリスは、警備隊の面々に向かってそう叫ぶ。

暴論ではあったが、真理でもあった。

『動ける』というのは、それだけでも立派な武器になるのだ。

「あとお前たち！　ペースが落ちるのはいいが、走るのだけはやめるんじゃないよ！　もしそんな奴がいたら、はっ倒すからね‼」

ラウラリスから怒声を浴びせられ、警備隊の皆は震え上がる。

彼らの脳裏《のうり》には、ヒルズがラウラリスの長剣によって軽々と吹き飛ばされる様《さま》が深く刻み込まれていた。サボれば自分もああなるとばかりに、必死になって足を動かしている。

（犯罪者の前では腰が引けてても、根性そのものがないわけじゃないか。体力も及第点。こりゃ嬉しい誤算だ）

当初の予想では一人くらい脱落していそうな距離をもう走っている。

速度こそかなり遅くなってはいたが、それでも走る足を止める者はいなかった。

彼らは弱体化した警備隊であってもそれに見切りをつけず、今まで残っていた者たちだ。

楽して稼げる職だからと怠惰《たいだ》で残り続けている者たちもいると踏んでいたのだが、これだけついてこられるとは予想外だった。

（おそらくは、その辺《あた》りは前任の隊長が選別してたんだろう。悪くない人選だよ）

ヒルズにしたってそうだ。

初対面の時からラウラリスに対して強く当たってはいたが、あれは彼なりに隊長としての責務を全《まっと》うしようとしていたが故《ゆえ》。

己《おのれ》の未熟を本当は自覚しており、必要以上に気負《きお》っていたからだ。

本来のヒルズは、仕事熱心で誠実な人間だ。

その証拠に、ラウラリスが課したこの体力作りの走り込みには、物言いたげではあったがすぐさま従った。

そして、彼が率先して走り出したお陰で、他の隊員たちも迷わず続いた。

ヒルズが単なる威張り散らすだけの隊長であったら、こうはならなかった。

彼は隊員たちから信頼されているのだろう。

（信頼されてるリーダーがいて、それに追従する隊員たちの団結力もある。あと必要なのは経験だね）

この走り込みは、警備隊の体力や根性を測る意味もあったが、最も重要視していたのは彼らがラウラリスの命令に迷わず従うかどうか。

あるいは、リーダー格の行動についていくチームワークがあるかを確かめたかったのだ。

その点でいえば、よい結果であった。

これに強い反発でもあれば、それこそラウラリスが女帝時代に軍をまとめ上げた時の、地獄のハードスケジュールが待っていたところだ。

「うんうん、よかったよかった」

満足げに頷くラウラリスを横目に見て、ヒルズの顔が引きつった。なんとなく、彼女がロクでもないことを考えていることを察したのだろう。

——その後一週間、警備隊は半数に分かれ、日替わりで巡回任務と走り込みをこなすことになる。

ちなみに、ラウラリスは毎日のように警備隊の走り込みに参加していた。

毎日、一日中走り続けているはずなのに、常にラウラリスは列の先頭を維持し続けていた。

しかも、日が暮れ走り込みが終わると、誰もが地面にへたり込む中、一人だけ「ふぅ、いい汗かいた」と額《ひたい》に滲《にじ》み出《で》た汗を軽やかに拭《ぬぐ》っていた。

隊員たちは底知れぬ体力を持つ彼女に畏怖《いふ》しつつも、それ故《ゆえ》にある種の尊敬の念を抱かざるを得なかった。

しかし、それにラウラリスは無自覚であった。

ともあれ、警備隊強化訓練は次の段階を迎えることになる。


「あんたらの体力と根性はよぉくわかった。そろそろ走り込みも飽《あ》きてきた頃だろうし、本格的に始めるかね」

ラウラリスが警備隊のトップになってから十日が経った日。

彼女は警備隊に朝礼でそう告げた。

ラウラリスは、それまでは夕暮れになるまで続けてきた走り込みを昼でやめさせる。

昼食をとった後、警備隊員たちは訓練場に集められた。

腰にはあらかじめ指示された通り、訓練用の木剣《ぼっけん》を携《たずさ》えている。

彼らの前に立つラウラリスが、よく通る声で喋《しゃべ》り出した。

「今の警備隊に足りないものは何よりも経験だ。本来なら、それは先輩の仕事についていって徐々に積み重ねていくもんだ。けど、残念ながらあんたらにはその時間がなかった。わかるね？」

「「「はいっ！」」」

「うむ、元気な声で大変結構だ」

警備隊たちの一糸《いっし》乱れぬ反応に、ラウラリスは喜んで頷く。

明らかに警備隊というよりも軍隊というノリだが、ラウラリスがそもそも軍経験者なのでこちらのほうがやりやすかった。

ラウラリスは表情を引き締めると、続ける。

「いいか。あんたらの仕事は町の平和を守ることだ。あんたらの存在そのものが町の平和の象徴なんだ。だからこそ、木っ端《こば》な悪党なんかに舐《な》められちゃいけない。逆に恐れられ、悪さをする気すら起こさせないようにすることこそが、あんたらの役割なんだよ」

事件を解決するのも、犯罪者を捕縛するのも仕事のうち。

だが、最も大事なのは、事件を起こさせないことであり、平和を維持し続けること。

起こりうる問題の抑止力として、警備隊が必要なのだ。

「市民に安心を。悪党に恐怖を。そのためには、あんたらが悪党相手に怯《ひる》まない『力』を身につける必要がある」

「「「はいっ！」」」

「よろしい。では総員、剣を抜きな」

ラウラリスの号令に従い、警備隊員が全員木剣《ぼっけん》を手に取った。

そして、ラウラリスも鞘《さや》ごと長剣を引き抜く。

「これより、模擬戦《もぎせん》を開始する。あんたら全員で、私に打ち込んできな！」

「「「はい？」」」

隊員たちから発せられたのはこれまでと同じ言葉でも、声色が明らかに「え、マジで？」という風であった。

「ら、ラウラリス殿！　それは一体どういう意味でしょうか⁉」

まず最初に声を発したのはヒルズだ。いつの間にかラウラリスを『殿』と呼ぶようになっていたが、そこは問題ではないので放置しておく。

彼は木剣《ぼっけん》を抜いているものの、顔は青ざめていた。脳裏《のうり》に、ラウラリスに手も足も出ず吹き飛ばされた記憶が蘇《よみがえ》ってきているのだろう。

「言った通りさ。あんたらに一番足りてないのは経験だ。それさえありゃぁ、その辺のチンピラなんか目じゃない」

ラウラリスの見立てでは、警備隊の能力そのものは低くはない。技術は未熟であろうとも、必要最低限のものは有《ゆう》している。

あとは、凶器を持った犯罪者を相手に立ち向かえる経験——言い換えれば『自信』があればいいのだ。

そしてその自信は、積み重ねた経験からくるもの。たとえ相手が武器を持っていても対処できると己《おのれ》に言い聞かせることで、初めて得られる。

「が、生憎《あいにく》そんなちんたらしている時間はない。ってなわけで荒療治《あらりょうじ》だ」

これから先に何が起こるかを想像したのか、警備隊員たちは腰が引けている。

それを見たラウラリスが、ニッと笑った。鮮烈に、凶悪に。

隊員たちはこれまでで一番震え上がった。

「私を相手に迷わず打ち込めるようになったら、とりあえずは合格だ。そのくらいになれば、ナイフ一本の相手なんぞ屁でもなくなる」

ラウラリスは長剣を構えた。

「最初に言っとく。私に打ち込んできた奴は容赦《ようしゃ》なくぶっ飛ばすけど、逃げ腰の奴にはさらに容赦《ようしゃ》なくこっちから打ち込んでぶっ飛ばすから、覚悟しときな」

——そして、一方的な蹂躙劇《じゅうりんげき》が開始された。

「おらぁ！」

ドゴンッ！

「「「ギャァァァァァァッッッ⁉」」」

ラウラリスの薙《な》ぎ払《はら》いによって、隊員の数名がまとめて吹き飛ばされる。

ヒルズとの模擬戦《もぎせん》の時とは加減が違う。重傷とまではいかずとも、怪我《けが》もするし痛みも感じる威力だ。

「このぉっ！」

隊員の一人が意を決して、ラウラリスに向けて木剣《ぼっけん》を振るう。

ラウラリスは、それを僅《わず》かに躰《からだ》を動かすだけで回避し、鞘《さや》で隊員を打ち払う。

「がっ⁉」

「我武者羅《がむしゃら》になればいいってもんじゃないんだ！」

叱《しか》りながらも、ラウラリスの躰《からだ》は止まらない。

「味方の位置に気を配れ！　人数差の有利をもっと活《い》かしな！」

恐怖に抗《あらが》い木剣《ぼっけん》を振るう者たちを、ラウラリスは容赦《ようしゃ》なく打《う》ち据《す》えていく。

そして目敏《めざと》く、隊員たちの後方で及び腰になっている者を見つけた。

その瞬間、ラウラリスが他の者たちの間を駆け抜け、その隊員の目の前に躍《おど》り出《で》る。

「ひっ――」

まるで突然、眼前にラウラリスが現れたかのような感覚だったのだろう。情けない悲鳴をあげる隊員に、ラウラリスは吠《ほ》えた。

「びびってんじゃないよぉ!!」

ドゴンッッッ!!

強烈な一撃を食らった隊員はそのまま水平に滑空《かっくう》し、訓練場の端まで飛ばされる。

そしてやがて地面に叩きつけられると、動かなくなった。

いや、呻《うめ》き声をあげているので、死んではいないようだ。

そんな彼に、ラウラリスが非情にも告げる。

「三分だけ猶予《ゆうよ》をやる。時間内に起き上がらなかったら、追い打ちをかけるからね」

隊員が皆、カッと目を見開く。

鬼か！　と一同が心の中で叫んだが、もちろん誰も口にはしない。

もし鬼《ラウラリス》の機嫌を損《そこ》ねたら、より酷《ひど》い目にあわされると予見したからだ。

実際には、鬼だ悪魔だと言われたところで、ラウラリスは手心を加えはしない。軍の教官時代に、教え子たちには散々罵倒《ばとう》されており、何を言われようがいまさらである。

「ほら、ボサッとしてんじゃないよ！　あいつみたいになりたくなかったら、もっとガンガン打ち込んでこい!!」

また一人、訓練場の端まで吹き飛ばす。

――躊躇《ためら》っていたら殺《や》られる。

ようやく警備隊員たちは悟《さと》った。

「い、いくぞぉぉぉぉぉぉぉぉ!!」

恐怖が一周回って、狂気じみた絶叫を喉《のど》から絞り出しながら、ヒルズが剣を掲《かか》げてラウラリスに突っ込んでいった。

それを皮切りに、他の隊員たちも揃ってヤケクソ気味に叫びながら後に続く。

「そうさ、そうでなくちゃ意味がない!!」

自分に迫ってくる警備隊員たちに、ラウラリスは嬉しさを滲《にじ》ませた言葉を放ちながら、剣を構えた。

傍目《はため》から見ると『悪の帝王と、それに果敢《かかん》に挑む勇者たち』のような図になっている。

己《おのれ》の生存をかけて挑んでくる警備隊員たちに対して、ラウラリスは生前のノリを思い出し、まさに悪の皇帝さながらに笑い声を発していた。

「ふはははっ！　もっと全力で打ち込んでこい！　その程度で私を倒そうなぞ、三百年早いわぁ!!」
――この日の夕暮れまで。
訓練場には絶えず隊員の悲鳴と、少女の威厳ある笑い声が響き続けたという。

第十話　ババァの特訓効果発動

それからというもの、警備隊たちには辛《つら》く過酷な日々が訪れた。

訓練のある日は、午前は走り込み、午後はラウラリスを相手に実践練習。

走り込みには慣れたが、ラウラリスに蹂躙《じゅうりん》されるのはかなりきつかった。

挑まなければ吹き飛ばされ、挑んでも吹き飛ばされる。

大怪我《おおけが》をしないように手加減はされていたが、それでも一日の訓練が終わる頃には、躰中《からだじゅう》に青痣《あおあざ》をこしらえるほどボロボロにされた。

その翌日には巡回任務が待っている。不謹慎な話だが、それが隊員たちの癒《いや》しになりつつあった。

任務で町の中を歩いている時が、一番心が休まる。それほどまでに過酷な訓練であった。

だが、逃げ出す者は一人としていなかった。皆が内心では、悔しく思っていたのだ。

ラウラリスの『情けない』という台詞《せりふ》にまるで言い返せない己《おのれ》たち自身を。

警備隊にいる面々は、元々腕《うで》っ節《ぷし》に自信のあるような者たちではない。その手の者は、おおよそがハンターになってしまう。

彼らはただ、この町を守りたいと思っている。

それを体現している『警備隊』に憧《あこが》れを抱《いだ》き、入隊した者がほとんどであった。

頼り甲斐《がい》のある先輩たちは自分たちが警備隊に入ってまもなく引退。教えを請《こ》う前に誰もいなくなってしまった。

それでも、どうにかこの町のために頑張ろうとした。

けれども、ハンターに頼らなければ治安を維持できない力不足を嘆くばかりであった。

それを打開できるチャンスがあるならば、死ぬ気で食らいついてやると、誰もが心に誓っていた。

自分よりも若い小娘の言葉など、普通はそう信じられない。

けれども、ラウラリスは普通の少女ではない。

力が技術が体力が、という話ではない。

あの少女の言葉には『力』があった。

ただの理想論ではない。ラウラリスの語る全てに、経験で裏打ちされているのかと思えるほど、説得力があった。

まるで、その全てを体験してきたのかと思えるほど、実理が込められているようだった。

隊長であるヒルズが従っているから自分たちも従う、というだけではない。

隊員の誰もが、いつの間にかラウラリスに自《みずか》ら追従するようになっていた。

――そして、ラウラリスの課した訓練の意味を、彼らは理解し始める。


まず最初に気がついたのは、巡回任務の最中だ。

警備隊は基本、二人一組で行動する。何か問題が発生した場合、一人が現場に残り、もう一人が増援を呼ぶために離脱できるようにするためだ。

「いつつつ、歩くたびに振動が傷に響く」

「あえて口にするなよ。俺だって我慢してるのに」

この日も、彼らは警備隊装備の内側に青痣《あおあざ》を大量にこしらえ、痛みと疲労を堪《こら》えながら町の見回りを行《おこな》っていた。

最初こそ理不尽な命令だと思っていたが、これまで自分たちを引っ張ってきたヒルズが率先してラウラリスに従っている上に、何よりも彼女自身の本気が彼らにも伝わっていた。だからこそ、痛む躰《からだ》を引きずって町内の巡回任務を行《おこな》っていた。

それに、躰《からだ》に痛みはあるが、最初の頃に比べれば随分《ずいぶん》と楽になった。

痛みと疲れは残っているが、そんな中でも躰《からだ》を動かすことに慣れたからだ。

いつも通り町を歩き続けていた時、ふと、一人の隊員が首を傾《かし》げた。

「あれ？　ここさっきも通らなかったか？」

「そりゃそうだろ。巡回してんだから」

町を巡回するルートは二人組ごとに決まっている。一日に同じ道筋を何度も通るので、見覚えのある場所を辿《たど》るのは当たり前だ。

だが、相方の呆《あき》れ気味な言葉を受けながらも、その隊員は顎《あご》に手を当てる。

「いや、なんだかついさっき通ったばかりに感じてさ。……そういえば、今日は巡回ルートを何周したっけ？」

「確か……あれ？　なんだかいつもより多いぞ」

仲間に問われて、思い出しながら周回数を指折り数えてみると、普段よりもかなり速いペースでルートを巡回していることに気がついた。

別に、歩くのを速めたわけではない。むしろ、痛みと疲労が残る躰《からだ》で、とにかく速度を保とうと心掛けていたくらいだ。

なのに、巡回するペースそのものは上がっている。

どうしてかわからず、二人は揃って首を傾《かし》げたのであった。

◆◆◆

その日の夜。

「――というのが、隊員たちの間で話題になっています」

「早速《さっそく》効果が出てきたようだね」

ラウラリスは警備隊屯所《とんしょ》の執務室で、ヒルズからの報告を受けていた。

彼女はここ最近、警備隊の状況をより詳しく把握するために、この部屋に私物を運び込んで寝泊まりをしていた。そしてそれをサポートするために、ヒルズはまるで秘書のような役割を担《にな》っていた。

これではどちらが隊長かわかったものではない。

ただ、別にヒルズはラウラリスに強制されたわけではなく、自主的に彼女の補助に回っていた。

そうすることが、今の警備隊にとって有効だと判断しているからだ。

そして今も、ヒルズは必要だと思ったことをラウラリスに報告している。

必要以上に気負《きお》ったり責任感からくる空回りをしたりさえしなければ、ヒルズは有能な男であった。

前任の警備隊長が彼を後継に据《す》えたのも納得できるというものだ。

「効果……あの走り込みのですか？」

確かに過酷な訓練ではあるが、まだ始めて一ヶ月も経過していない。そんな短期間で劇的に体力が増したとは到底思えないのか、ヒルズは首を傾《かし》げている。

「ようは慣れってやつさ。躰《からだ》が効率的な体力の消耗《しょうもう》の仕方を覚えたんだよ」

そんなヒルズに、ラウラリスはそう答えてやる。

躰《からだ》を限界まで酷使させることで、疲れている状態に慣れさせる。やがて躰《からだ》は疲れている間でも、動く術《すべ》を理解し始めるのだ。

「疲労困憊《ひろうこんぱい》でも躰《からだ》を動かせるってことは、言い換えりゃ最低限の労力で活動できるってことさ」

体力の消耗《しょうもう》が最小限になれば、動ける時間は飛躍的《ひやくてき》に増す。

巡回の任務というのは、ただ単に町を歩き回ればいいというものではない。

常に周囲の状況に気を配り、異変を察知する必要がある。

その上、重装備ではないとはいえ、鎧《よろい》をまとい武器を携《たずさ》えて一日中歩き回らなければならない。

印象よりもハードな職務だ。

「普通、一日の終盤は体力が落ちてくるから巡回のペースが遅くなる」

「では、巡回の速度が上がったのではなく――」

「下がらなかったから、普段よりもペースが上がったように感じられたのさ。体力を節約し、効率的な消耗《しょうもう》の仕方を躰《からだ》に覚えさせりゃぁ、そりゃ体力が増したのと同じ効果が生まれるんだよ」

任務の終盤まで体力が持つのなら、歩く速度に変化はない。常に一定のペースを保てるようになったことで、結果として以前より多く巡回できたのだ。

ラウラリスはその成果に頷くと、さらに続ける。

「若さ故《ゆえ》の回復力があるからこその鍛錬方法だ。下手に歳を重ねた後にやると、回復力が追いつかなくて躰《からだ》がぶっ壊れるから、真似《まね》するんじゃないよ」

ついでに言えば、一見すると警備隊員たちを体力の限界まで走らせているようでいて、その実、ラウラリスは翌日の任務に警備隊が耐えられるギリギリを見極めていた。

巡回の周回数が増えれば、異変を見落とす確率も減る。

また、体力を温存できれば注意力も持続し、なおかつ問題が起こった際の行動にも影響が少なくなる。

そして、何かあった時にはしっかり対応できるようになっている。

ラウラリスはそれらを全てわかった上で、特訓させていたのだった。

もっとも、これには限度がある。体力の消耗《しょうもう》が二から一に減ったからといって、零《ゼロ》になることはない。

よって、最終的に行き着くのはやはり体力の底上げの必要性。それでも、短期間で教え込もうとすればやはりこれに限る。

——そして、警備隊の変化はこれに留《とど》まらなかった。

◆◆◆

またあくる日のこと。

「ラウラリス殿って何者なんだろうな」

「唐突にどうした」

巡回任務の最中である、とある警備隊員二人組が何気ない会話を交《か》わす。興味の対象はズバリ、ラウラリスだった。

「あの若さでとんでもない美人。なのにどうしてあんなに強いんだろうな」

「お前、あえて誰も触《ふ》れてこなかった話を……」

それは、警備隊の誰もが一度は考え、そして考え《それ》を放棄したこと。

自分たちよりも明らかに年下で、躰《からだ》も小さい。

なのに、自分たちの数倍も経験を重ねたような言葉の深さに、底知れぬ体力。

外見から得られる情報とそこに秘められた力がチグハグすぎて、逆に触《ふ》れるのが禁忌《きんき》のように感じられていた。

ついでに、年若い娘に対して失礼だが、口調が妙に年寄り臭い。近所の婆さんと喋《しゃべ》っているような気分にさせられる。

そして、直後に思い浮かんだのはラウラリスを相手にした模擬戦《もぎせん》。

彼女が長剣を振りかぶる姿が、二人の頭の中に焼きついている。

同時に、己《おのれ》の躰《からだ》が宙を舞う浮遊感も思い出してしまう。

二人は揃って顔を青ざめさせた。

何をどうしても吹き飛ばされる恐怖が、警備隊員たちに根づいているのだ。

「この話題はやめよう」

「精神衛生的に悪すぎる」

どうせ明日になればまた吹き飛ばされるのだ。今からそれを考えていたら、気が滅《め》入《い》ってしまう。

二人がこの話題を打ち切った、ちょうどその時だ。

この町に何軒かある飲食店の一つ。

その建物の前を通りかかったところで、店の中からガラスが割れるような音が響いてきた。

僅《わず》かな間を置いて、扉越しに怒声まで伝わってきた。

何が起こったかは簡単に想像できる。

警備隊員の二人は顔を見合わせると、気が重たそうにため息を吐《つ》き、それから表情を引き締めて飲食店の中に足を踏み入れた。

扉を開けて中に入ってみると、案の定。

テーブルが並んでいる店内の一角が事件現場だった。

そこにあったのは倒れたテーブルと、床にブチまけられた料理の成れの果てと、砕《くだ》けた食器。

そして、怒《いか》り顔で睨《にら》み合っている男が二人。

互いの胸ぐらを掴んでおり、いつどちらかが殴りかかってもおかしくない雰囲気だ。

床に散乱しているものの中には、酒瓶もある。どうやら、顔が赤い理由は怒《いか》りだけではないようだ。

大方、昼間から二人で酒を飲み、酔いが回ったところで会話がヒートアップしてしまったのだろう。

よくある話ではあったが、店側としてはいい迷惑だ。

件《くだん》の二人以外の店内にいる客たちは、警備隊の登場にため息を吐《つ》いていた。その反応に心が折れそうになるも、警備隊員たちはどうにか堪《こら》えて進む。

「はい、抑えて抑えて」

今にも殴り合いに発展しそうな二人の間に、警備隊員が割って入る。

「すっこんでろや！　てめぇらなんぞお呼びじゃねぇんだよ‼」

彼の姿を確認した酔っ払いの一人が、舌打ちをして声を張り上げた。もう一人のほうも似たように隊員を睨《にら》みつける。

この町にいる多くの者が『今の警備隊は頼りにならない』と強く認識している。

町を守っているのは町長が雇《やと》っているハンターであり、当の警備隊はほとんどお飾りだということは、民も感じていることなのだ。

故《ゆえ》に、店内の客たちがため息を吐《つ》いたのも、ハンターではなく警備隊が来たから。『警備隊が来たところでどうにもならない』という諦《あきら》めの気持ちが大きいからだ。

酔っ払いも、そう思っていた。

強く怒鳴《どな》り散らせば警備隊は萎縮《いしゅく》して、下がってしまうとばかり考えていた。

これまでだってそうだったのだ。

だが。

「はいはい、離れて離れて」

浴びせられた怒声もなんのその。

まるで聞こえなかったかのように、警備隊員二人はそれぞれ酔っ払いを強引に引《ひ》き剥《は》がした。

「お、おい。邪魔すんじゃねぇ！」

酔っ払いが食ってかかるが、警備隊員たちはどこ吹く風。

「邪魔しますよ、そりゃぁ。店の迷惑になるでしょうが。とりあえず外に出ましょうね」

ちゃんと酔っ払いの声は聞こえていたようだが、全く意に介さない。まるで重たい荷物を運ぶかのように、彼らは酔っ払い二人を店の外へと引っ張り出した。

（あれ？　いつもより全然怖くないぞ？）

喚《わめ》き散らす酔っ払いを引きずりながら、隊員二人は揃って首を傾《かし》げていた。

いつもなら、あんな声をぶつけられたら気勢を削《そ》がれていた。胸の鼓動が速くなり、手も足も動かなくなっていた。

なのに、今はそれがまるでない。こうして至近距離で叫ばれているのに、毛ほどにも恐怖を感じない。

疑問を覚えながらも、隊員二人はしっかり仕事を果たしたのだった。

◆◆◆

そしてこれは、この二人だけに限った話ではなかった。

酔っ払いの対処や暴力沙汰《ざた》。これまではハンターに応援を頼んで解決してもらった問題を、警備隊だけで対処できる場合《ケース》が増えていた。

喜ばしい結果ではあるのだが、ヒルズも当事者と同じように首を傾《かし》げていた。

「どういうことなのでしょうか？」

「そりゃ、特訓の成果だろうよ」

上がってくる報告をラウラリスに伝えると、彼女は上機嫌に頷いた。

「元々、警備隊員一人一人は、一般人程度《しろうと》よりかはよっぽど力があるんだ。対処そのものは楽にできるはずなんだよ」

町の人々からは情けないだのなんだのと言われ続けていても、日々の訓練は怠《おこた》らなかった彼らの勤勉さがあってこその結果だと、ラウラリスは言う。

問題は、経験不足からくる自信のなさだったのだが、それを解決したのは何を隠そうラウラリスとの模擬戦《もぎせん》だ、と。

ヒルズもそれには納得していた。ただ、いまいち実感が湧《わ》かない。

「確かに実力は以前よりも多少は増したかもしれませんが、それでこうも変化しますかね」

「私がアレで鍛《きた》えたかったのは、警備隊の戦闘力や自信だけじゃないんだな」

「え？」

全く予想外の言葉に、ヒルズの目が点になる。

あの地獄のような模擬戦《もぎせん》の意図が、別にあるというのだ。

ラウラリスは、得意気な顔で続ける。

「考えてもみなよ。ナイフを一本持ってる素人《しろうと》と、長剣を振り回してる私。どっちが怖い？」

「それは……その……」

ヒルズは、喉《のど》まで出かかった答えを、慌《あわ》てて呑み込む。

考えるまでもなくラウラリスなのだが、それを本人《ラウラリス》の前で口にするのは躊躇《ためら》われた。

だが、張本人は笑っていた。

「はっはっは。まさにそれが本当の狙いさ」

「────まさか⁉」

「世の中には、粋《いき》がってるチンピラどもよりも、遥かに怖い存在がいる。それを知っちまえば、チンピラ相手にビビるようなことはなくなるさ」

なんという荒療治《あらりょうじ》。

ラウラリスは警備隊員たちに『己《おのれ》』という恐怖を植えつけることによって、恐怖への耐性を強くしたのだ。

ヒルズは驚きのあまり呆然とした後、ゆっくりと口を開く。

「……すごいことを考えますね。でも、これは恐怖への感覚が麻痺《まひ》しているようなものでしょう。大丈夫なんですか？」

いわば、濃い味つけの後に、薄口の料理を食べたようなものだ。時間が経てば、濃い味つけにも慣れてしまう。

心配するヒルズをよそに、ラウラリスは笑みを崩さない。

「最初のうちはそれでいいんだよ。大事なのは『自分たちだけでもなんとかなる』ってぇ経験だ。麻痺《まひ》してようがなんだろうが、その経験さえあれば自信なんぞ後からついてくる」

　本来ならば、先輩隊員に同行し、彼らの指示のもとで発生した問題に対処していくのが順当だ。

　最初は『先輩が怖いからやる』という理由でもいい。とにかく場数を踏むことが大事なのだ。

　無理やりにでも回数をこなせば、『自分でもできた』という事実が残る。

　それがやがては職務に対する『自信』へと変化していく。

　けれど、今の警備隊に監督役を引き受けてくれる先輩はおらず、代わりを引き受けているラウラリスも一人しかいない。

　とすれば、取れる手段はこれしかなかった。

　過程は別にどうでもいい。

　最初の一歩さえ踏み出すことができれば、それこそが隊員たちが自信を得るきっかけになる。

　あとは場数を踏んで経験を積み、その自信を強固にしていけばいい。

　ラウラリスはヒルズにそう告げた後、表情を引き締めた。

「とはいえ、あんたの言う通り感覚が麻痺《まひ》してるだけって部分もある。その辺《あた》りは、ヒルズ。警備隊長であるあんたがしっかりと手綱《たづな》を握ってやんな」

「自分が……ですか？」

「当たり前だろう。元々、私が面倒を見るのは一ヶ月って契約だ。それを過ぎたら、いよいよあんたがこの警備隊を引っ張っていくんだからね」

ラウラリスの言葉を受けて、ヒルズはハッとした。

気がつけば、すでにラウラリスと町長が結んだ契約期間も、残すこと半分ほど。もう何年も前からラウラリスがいたような感覚であったが、あともう少しで彼女は警備隊からいなくなる。

途端に不安になって、ヒルズは思わず尋ねた。

「自分にできるでしょうか」

「できてもらわなきゃ困る」

「…………そう、ですね」

己《おのれ》の肩に伸《の》しかかる重責を考え、ラウラリスに答えるヒルズの口調は重かった。責任感故《ゆえ》に空回りしてしまうくらいには、生真面目《きまじめ》な性格なのだ。彼の反応も当然であった。

ラウラリスは、そんな彼の心中を察したのか、明るい声で言う。

「ま、そう必要以上に気を負う必要もないよ。今の警備隊もあんたも、ようやくヨチヨチ歩きから卒業した程度。一緒に成長していけばいいんだ」

これからの警備隊を引っ張っていくのはヒルズだが、逆にこれからのヒルズを押し上げていくのも、また警備隊だ。片方に寄りかかるのではなく、双方でともに前に進んでいくことが大事なのだ。

「幸いなことに、あんたは警備隊の奴らから信頼されてる。だったら逆にあんたも警備隊の奴らを信頼してやんな。でもって、悩みがあったら遠慮なくぶちまけてぶちまけられろ。それが組織を運営する上で最も重要なことだ」

トップと意志を共有し、同じ目標へと邁進《まいしん》する。

それこそが、組織という集団のあるべき姿なのだ。

ラウラリスは、そう続けてニヤリと笑った。

「――と、こんな小娘が偉そうに語っちまったが。ま、今の話は頭の片隅にでも留《と》めておいてくれればそれでいいよ」

「いえ……非常に含蓄《がんちく》のあるお話を聞かせていただき、ありがとうございます」

ヒルズの表情に卑下《ひげ》はなく、真に受け止めた様子であった。

ラウラリスの語った内容は、それだけ彼の心に響いていたのだった。

零《こぼ》れ話　とある居酒屋の一幕

ある日の夜半。

町の一角にある居酒屋は、一日の労働を労《ねぎら》い酒盛りをする客たちで賑《にぎ》わっていた。

酒を飲んで大いに盛り上がっている客の職種は様々だ。当然、この町のハンターたちも同じように酒を飲んでいた。

そんな居酒屋のあるテーブルで、こんな会話が交《か》わされていた。

「おいグスコ。最近の警備隊はどうなってんだ？」

「またそれか。いい加減にその話をするのは飽《あ》きてきてるんだがな」

そう答えたのは銅級《ブロンズ》ハンターのグスコ。同席するのは同じ階級で顔馴染みのハンターだ。時折、依頼をともにこなす程度には気の置けない間柄《あいだがら》であった。

「警備隊の真似事《まねごと》なんかする物好きなハンターの知り合いなんて、お前ぐらいしかいないからな」

「それを本人の前で言うかね」

相手のハンターの言葉を聞いて、グスコはうんざりしたように顔をしかめると、気分直しに木製の器《ジョッキ》に注がれた酒を口に運んだ。

今彼が言った通り、この手の質問は酒の席だけに限らず、今日だけでも二度目。ここ数日間を合わせると、すでに五回は同じようなことを聞かれていた。

徐々にではあるが、町の住人の警備隊に対する評価が改まり始めている故《ゆえ》だ。

そしてそれは町民だけではなく、この町で活動しているハンターたちにも伝播《でんぱ》し出している。

こうして酒の席で出てくる程度には、今が旬《しゅん》の話題だ。

「ほら、一杯奢《おご》るからよ」

相手のハンターは酒を勧《すす》めつつ、グスコに話の続きを促《うなが》す。

「ったく、しょうがないな」

グスコは渋るようなことを口にするが、内心の抵抗はさほどなかった。

ハンターの間でも警備隊の話題が多くなっている今、酒に誘われたらこの話をさせられるのは予想の範囲内でもあったからだ。

町長の依頼で、グスコはこの町の警備隊の、外部協力者として雇《やと》われている。

銅級《ブロンズ》は、ハンターの中堅どころ。日々の生活には困らない程度に稼げる階級だ。

ハンターになる者にとっての最初の目標であり、そこから銀級《シルバー》を目指すもよし、銅級《ブロンズ》に留《とど》まって手堅く稼ぎを得るもよし。

そのため、ハンターの割合が一番大きいのもこの階級であった。

だが、銅級《ブロンズ》の依頼にも当たり外《はず》れがある。

どれほど魅力的な報酬であろうとも、それを達成するためにかかる諸経費はハンターの自己負担。

報酬を得たところで、消耗品《しょうもうひん》の補充や装備の整備費用で結局は赤字で終わってしまうことも少なくはない。

その点でいえば、警備隊への協力の依頼というのは堅実に稼げる。

一日の報酬は大したことはない。だが、その間に消耗《しょうもう》した備品は、申請さえ通れば経費として警備隊が負担してくれる。

長期で見ると、なかなか侮《あなど》れない報酬となるのだ。

そんな雇《やと》われの彼らのもっぱらの仕事は、日常の中でたびたび発生する問題の解決。

騒ぎになりそうな住民同士の諍《いさか》いの仲裁。

多い時は日に四回も五回も、警備隊の人間に助力を請《こ》われる。思うところがないわけでもないが、仕事として真面目に取り組んできた。

だが、ここしばらく状況に変化が訪れていた。

「まぁ、確かに俺たちのところまで騒ぎの知らせが届いてくる回数は減ったな」

グスコは奢《おご》りで運ばれてきた新しい酒を呷《あお》りながら、ぽつりと零《こぼ》した。

――ここ数年の間、町の住民による警備隊への評価は芳《かんば》しくなかった。

老齢の警備隊長や古参の隊員たちが引退した後、残ったのはまだ若い隊員のみ。素人《しろうと》の目から見ても頼り甲斐《がい》がなく、そして実際にその通りであった。

問題を起こし激昂《げっこう》した者を前に、萎縮《いしゅく》する若い警備隊員。

実質的にこの町の治安を維持していたのは、グスコたちハンターだった。

しかし、その評価が徐々に変わり始めていた。

ある時を境《さかい》にして、警備隊が発生した問題を堂々と対処するようになった。

いや、正確に言えば『この程度か』と言わんばかりに冷静になったというほうが正しい。

怒鳴《どな》ったり暴れようとしたりする者たちをまるで意に介さず、手際よく落ち着かせ、あるいは取り押さえてしまう。

これまではハンターを呼ぶことくらいしかできなかった警備隊員たちが、だ。

取り押さえられる側にも、それを傍目《はため》から見る者たちにも、元の評価が低かっただけにその変化は顕著《けんちょ》に映ったのだろう。

そしてそれは、最も近くにいる、警備隊を手伝っているハンターたちの目から見ても明らかであった。

「あのいけ好かない隊長が首《クビ》にでもなったのか?」

ハンターたちにとって、ヒルズという男は情けない警備隊を率《ひき》いる、権力に胡座《あぐら》をかいた男という印象が強かった。

実際には、弱体化した警備隊を必死になって立て直そうとし、気負《きお》いすぎて空回りしていただけなのだが、それを外部の人間が推《お》し量《はか》れるはずもなかった。

もっとも、近い立場にいるグスコはそれを理解しているので苦笑するしかなかった。

「いや、隊長は変わってない。……表面的にはな」

「曖昧《あいまい》な表現だな」

怪訝《けげん》な顔をする同僚に、グスコはため息を吐《つ》きつつ答える。

「隊長《ヒルズ》の立場は変わってない。ただ、さらにもう一つ上に、とんでもない奴が君臨してるだけだ」

「なんだか、マフィアの裏ボスみたいだな」

「……近いものがあるかもしれん」

警備隊の裏ボス——あの少女《ラウラリス》には相応《ふさわ》しい称号かもしれない。

グスコは、ラウラリスが警備隊のトップになると町長に聞いた時、己《おのれ》の耳を疑った。

しかし、多少なりとも彼女を知る身とすれば、納得もできた。

当人は決して警備隊の職務そのものには手を出さないので、彼女が屯所《とんしょ》に出入りしている事実を知る者は少ない。

だがその裏で、警備隊に確かな変化をもたらした。

「その裏ボスってのはどんな奴なんだ？」

「一言で表現するなら――『化け物』だな」

「化け物って……そんなに恐ろしい奴なのかよ」

「恐ろしいといえば恐ろしい」

元々、ラウラリスは只者《ただもの》ではないとグスコは察していた。

何せ、手配書が回っていた盗人《ぬすっと》を裏拳一発で気絶させ、あまつさえ逃亡防止といって足を踏み折るような女だ。

見た目通りのか弱い少女には到底思えなかった。

そんなラウラリスは今、警備隊の者たちを徹底的に鍛《きた》えている。

グスコはほとんど巡回に出ているため接触する回数は少ないが、それでも警備隊が何をさせられているかを知る機会は多い。

はっきり言って、彼女の正気を疑うような内容であった。

午前はハンターでも音を上げるような徹底的な走り込み。午後は日が暮れるまで長剣を手にして警備隊の半数を相手に打ち込み。それを毎日行《おこな》っているというのだ。

発想力、体力、腕力、何から何まで規格外だった。

可憐《かれん》な外見であるのに、内側にそんな力が秘められているという。見た目と力との不釣り合いさが、なおさら恐ろしさを引き立てた。

救いなのは、当人が気さくな性格なので、それを感じさせないことだろう。改めて思い出すと恐ろしいものがあるが、実際に話すだけなら普通の少女だ。

少女、と呼ぶにはいささか喋《しゃべ》り口調がババァ臭いのが気になるが、それもまた愛嬌《あいきょう》と考えるとすんなりと受け入れられた。

グスコの話を黙って聞いていた相手のハンターは、ふと気づいたように口を開く。

「けど、警備隊が使《やと》えるようになってくると、お前らは商売あがったりだろ。もしかしたら町長からの雇いの依頼がなくなるかもしれないな」

「ま、ハンターってのは所詮はその程度だ。必要がなければ簡単に切り捨てられるのも、雇《やと》われの職の正しい姿だ」

自《みずか》らを嘲《あざけ》るような台詞《せりふ》を口にしても、グスコはそれほど気落ちしてはいなかった。いずれはそうなることも織り込み済みで、今まで警備隊に雇《やと》われてきたのだ。

「警備隊の仕事がなくなったら、次の仕事を探すさ。ハンターってのはそういうもんだろ」

「だな。あ、そういえば――」

そうして新たな話題に切り替わる。

他愛《たわい》もないことに盛り上がりながら、二人は酒の席を楽しんだのであった。

第十一話　爺《じじい》とババァ

町の爺婆《じじばば》たちとの繋がりを着々と築き上げてきたラウラリス。

警備隊強化の仕事を引き受けてからも変わらずに、ラウラリスと老人たちの交流は続いていた。

「ごめんなさいねぇ、ラウラリスちゃん。わざわざ家まで荷物を持ってもらっちゃって」

ユミルは申し訳なさそうにラウラリスに言う。

どのような状況であっても、人間には休息が必要。

それは鍛《きた》えられる側であっても鍛《きた》える側であっても変わりはない。

今日のラウラリスは訓練の指示をヒルズに一任し、町に出向いていた。

そこで偶然にも、大きな荷物を背負ったユミルと出くわしたのだ。

「気にしなさんな。いつも楽しく話をさせてもらってる礼だよ」

「それを言っちゃうと、私もお礼を言いたいくらいなのだけれど」

「いいのいいの。爺婆《じじばば》は若モンのお節介を素直に受け取ってりゃぁいいのさ」

当然のように荷物持ちを買って出たラウラリスは、ユミルと話に花を咲かせながら彼女の家へと向かった。

朗《ほが》らかな老婆と、長剣と大荷物を背負ってニコニコしている美少女。

なかなかにすごい光景ではあったが、誰も何も言わない。

交流を始めた当初はラウラリスの存在は小さく噂になっていたが、彼女が老人たちと穏やかに談笑している光景は、今や受け入れられていた。

ユミルの家はラウラリスと遭遇した地点からさほど離れた場所ではなかった。けれども、老人の足と背負っていた大荷物を考えれば、かなりの重労働だったであろう。

手伝えてよかったとラウラリスは内心で思いながら、玄関で荷物をユミルに引き渡そうとする。

するると、ユミルはいいことを思いついたとばかりに提案した。

「そうだ、ラウラリスちゃん。せっかくここまで来てくれたんだもの、中でお茶でもしていって。せめてものお礼よ」

「だからお礼を言われるほどのことじゃぁないよ」

「そう言わずに。何よりも、私がラウラリスちゃんともっと話をしたいのよ。ダメかしら？」

「そこまで言われちゃ、断れないねぇ」

と口にするラウラリスであったが、その表情は満更でもなかった。

なんだかんだで、ラウラリスもユミルともっと話をしていたいとは思っていたのだ。

「じゃぁ決まりね。美味《おい》しいお菓子をもらったから、それも一緒に頂いちゃいましょ」

ニコニコ顔のユミルが家の扉を開く。

「そりゃ楽しみだ」

ラウラリスも笑顔でそれに続くのであった。

ユミルは現在、長年連れ添った旦那と二人暮らし。子供はすでに結婚し、孫もいる。別の町で暮らしてはいるが、定期的に顔を出すくらいに関係は良好だという。

「それで最近のお仕事はどうなの？」

「なかなか順調だよ。みんな、気のいい奴らばかりさ」

テーブルを挟んで椅子に座り、茶と菓子を楽しむラウラリスとユミル。ユミルの夫は今、所用で出かけているようだった。

しばらく楽しげに話をしていたユミルだったが、ふと物憂《ものう》げなため息を漏らした。

「……ねぇ、やっぱりお仕事があるって、人生にハリが出るのかしら」

「うーん、どうだろうねぇ」

前世の全てを野望に捧《ささ》げてきた生粋《きっすい》の仕事中毒者《ワーカホリック》。

やり甲斐云々《モチベーションうんぬん》よりも、義務感に近い感情で事を為《な》していたラウラリスには、少し答えづらかった。

ただ、実感はなくとも、一般的な観点から言えば、だ。

「ただ食っちゃ寝してるよりかは、マシだと思うけど。どうしたんだい？」

「いえねぇ、私の夫は数年前に定年で仕事を辞めたんだけど……それからどうも覇気《はき》がないというかやる気がないというか。別に、仕事に全てを捧《ささ》げてるような人じゃぁなかったんだけど、それとはまた別に、すごくやり甲斐《がい》を感じてたのよ。私はそんなあの人に惚《ほ》れて、結婚したんだけどねぇ」

「さりげなく惚気《のろけ》話か」

御馳走様《ごちそうさま》という態度をとるラウラリスに、ユミルはくすくすと笑った。

「元気を出してもらいたいんだけど、なかなかうまくいかなくてねぇ。酒に溺《おぼ》れるわけでもないし、物や何かに当たることもないから、困っているわけではないんだけど……」

「あー、なんかちょっとわかる気もする」

ラウラリスは、苦々しく頷いた。

もはや人生の一部と化していた仕事を失い、日々の生活にぽっかりと穴が空いたような心境なのだろう。程度の差はあれど、ラウラリスも今世で似たような感覚を味わっていた。

だからこそ、やり甲斐云々《がいうんぬん》はともかく、まだ顔も見ぬユミルの旦那が抱《いだ》く寂しさは少し理解できた。

「で、ユミルさんはどうしたいんだい？」

「どうなんだろう。ただ、以前のかっこいい夫をもう一度見たいって気持ちはあるのよねぇ。あ、別に今のあの人がかっこ悪いってわけじゃないのよ。ちょっと無愛想で強面《こわもて》だけど、それはそれでかっこいいし」

「だから惚気《のろけ》か」

そうかしらねぇ、とユミルは頬を赤らめた。

長年連れ添った夫婦は淡白になる、という話を聞いたことがあるが、少なくともユミルとその旦那との関係は未《いま》だに冷めていないようだ。

いい嫁をもらったねぇと、ユミルの旦那に対して心の中で呟くラウラリス。

そしてふと気づいて、ユミルに問いかける。

「ところで、旦那さんの仕事ってなんだったんだい？」

「あら、言ってなかったかしら。警備隊の隊長さんよ」

「はい？」

と首を傾《かし》げたラウラリスをよそに、玄関の扉の開く音が聞こえてきた。

「あ、夫が帰ってきたみたいね。ちょっと待ってて、ラウラリスちゃん」

ラウラリスの様子に気がついていないユミルは、席から立ち上がるとパタパタと玄関へ向かった。

少しして、ユミルが戻ってくる。

その背後から、屈強《くっきょう》な体躯《たいく》を有《ゆう》した巨漢が姿を現した。

たっぷりと顎《あご》に髭《ひげ》を蓄《たくわ》えていることから老人であることはわかるが、単に後ろ姿だけを見ればそうとはわからないかもしれないほど若々しい。

ついでに、髭《ひげ》の濃い人相は、ぶっちゃけ気弱な子供が見ればギャン泣きしそうなほどに怖かった。

そんな男の隣にいるユミルは、変わらずニコニコと笑みを浮かべている。

「紹介するわ。私の夫のイノフよ。あなた、こちらは前に話していたラウラリスちゃん」

「…………………」

鋭い眼光がラウラリスを射貫《いぬ》く。

「あ、お邪魔してます」

気弱な少女であれば一発で失神《しっしん》しそうな視線を浴びせられても、ラウラリスは近所の友人の家に遊びに来たような軽い調子のまま挨拶《あいさつ》をした。

ユミルの夫――イノフの視線が壁に立てかけられているラウラリスの長剣に向けられる。白い眉毛をピクリと吊り上げた彼は、もう一度ラウラリスのほうを見て呟いた。

「お前は……」

「おたくの奥さんと仲良くさせてもらってるラウラリスだ。よろしく」

「……イノフだ。妻から話は聞いている」

そう聞いてラウラリスは笑みを浮かべ、イノフは変わらず強面《こわもて》のままであった。

最初の挨拶《あいさつ》をしたっきり、イノフはそれ以上の会話を続けることなく家の奥へと引っ込んでしまう。

「ごめんね、ラウラリスちゃん。あなたに対して何かあるわけじゃなくて、他の人に対してもだいたい同じだから。別に嫌《きら》ってるわけじゃないのよ？」

「いいよ、全然気にしちゃいないから」

ユミルは謝るけれども、ラウラリスは本当に気にしていなかった。

伊達《だて》に、十人十色《じゅうにんといろ》どころか千人千色の人間を束《たば》ねてきたわけではない。

イノフと同じような人間も配下にいた。当然、それなりの付き合い方というのも知っている。

「しかし、あれでユミルさんと同じか年上なんだろ？　ものすごくムッキムキだね」

あの鍛《きた》えられた肉体は、ラウラリスから見てもなかなかのものだ。年老いてもなおその体形を維持しているとなると、おそらく今でも肉体鍛練は欠かしていないと推測できる。さすがは元警備隊長だ。

「かっこいいでしょ？」

「……今まで全然気がつかなかったけど、ユミルさんてば旦那さんにゾッコンだね」

「あの筋肉に惚《ほ》れたと言っても過言ではないわ」

ドヤ顔するユミル。

気のいい老婆が、筋肉フェチな気のいい老婆だと発覚した。

それはさておき、イノフの名前は、警備隊屯所《とんしょ》に保管されている資料でラウラリスも知っていた。

しかし、それがまさかユミルの旦那であるとは予想外だった。

親類の名前も資料に記載されてはいたが、すでに辞めた前任者であるために、そこまで重要視していなかったのだ。資料の記載文をざっと確認しただけだった。

まさかの出来事に驚いたものの、ラウラリスとユミルはそれからしばらく話をした。

気がつけば窓の外からオレンジ色の光が差し込んでいる。

「おっと、話し込んじまったようだね。そろそろお暇《いとま》させてもらうよ」

「あらぁ、別に泊まっていってもいいのよ？」

「さすがにそこまで甘えるわけにはいかんさ」

茶と菓子を出してくれたことに礼を述《の》べてから、ラウラリスは席を立ち、長剣を背負った。

と、そこでイノフが自室から出てきて、帰り際の彼女に声をかける。

「おい、ラウラリスといったか。少し話がしたい」

「……いいよ、私も話をしときたかったからね」

イノフが元警備隊長と知り、顔を合わせた時点で、この流れになるのは想定できていた。

強面《こわもて》のまま、イノフはユミルに顔を向ける。

「儂《わし》はこのお嬢さんと少し外に出てくる。遅くなるかもしれんから、晩飯はいらん」

「はいはい、わかりましたよ。あまりラウラリスちゃんを連れ回しちゃダメよ？」

「わかっている」

ユミルに見送られて、イノフとラウラリスは夕暮れ時の町へと歩き出した。

先導するのはイノフで、その後ろをラウラリスがトコトコとついていく。

「んで、どこに行くんだい？」

「馴染みの酒場だ。それにしても……」

イノフは改めてラウラリスの姿と、彼女が背負っている長剣を視界に収める。

「……話には聞いていたが、よく持てるな」

「一応は鍛《きた》えてるからね。それよりも、私のことはすでにご存じかい」

「お前が武器を買った店の親父は、警備隊時代からの知り合いだ」

イノフの言葉に、ラウラリスはなるほどと頷いた。

それから二人が辿《たど》り着いたのは、まだ日が完全に暮れていないのに賑《にぎ》わいを見せている酒場だ。

店に入ると、中にいる客の大半はイノフと似たり寄ったりの年老いた男たち。さすがにイノフほどがっちりとしたガタイの持ち主はいなかったが。

「おや、いらっしゃい」

カウンターテーブルにいた髭《ひげ》を生やした男が、イノフに声をかける。それから後ろにいるラウラリスを見て、少し驚いたような顔になった。

「今日は珍しい連れがいるな。お孫さんか？」

「違う。適当にツマミを見繕《みつくろ》ってくれ。酒はいらん」

店員に無愛想に言葉を返すと、イノフはそのまま店内を進む。

空いていたテーブル席に腰を下ろすと、ラウラリスも続いてその対面に座った。

「じゃ、改めまして。ラウラリスだ。フリーの賞金稼ぎをしている」

「イノフだ。以前はこの町で警備隊の隊長を務めていた。今は暇を持て余している単なる老いぼれだ」

「いやぁ、まさかこの町でできた最初の友人の旦那が、引退した警備隊の隊長さんだってのは、さすがの私も驚いたよ」

「儂《わし》も、妻の新しい友人が、まさかあのラウラリスだったと聞いて驚いてるところだ」

そんな話をしていると、店員がテーブルに干し肉やナッツといったツマミの皿を運んできた。

ラウラリスは口の中にナッツを一つ放り込んで、早速《さっそく》話を切り出す。

「私は今、警備隊の……そうさな、強化顧問みたいなもんを町長から請《う》け負《お》ってるわけだが。その辺《あた》りは？」

「それも聞いている。辞めたとはいえ、今も警備隊の奴らとは多少なりとも繋がりがあるからな」

引退した後も、彼なりに警備隊を気にしてはいたようだ。

それもそうかと内心で思いながら、ラウラリスはイノフに尋ねる。

「こんなところにわざわざ呼び出した理由は――」

「当然、その警備隊のことに関してだ。はっきり言って、気にならないほうが異常だ」

「ま、そりゃそうだろうねぇ」

「……自覚はあるのか」

呆《あき》れたような声を発するイノフ。ただ、その顔には少々戸惑いが滲《にじ》んでいる。

おそらく今の彼は、目に入るラウラリスの容姿と実際に喋《しゃべ》ってみた印象の差に、大きな違和感を覚えていることだろう。

今世において、ラウラリスと初めて言葉を交《か》わした者は、程度の差異はあれど似たような心境に陥《おちい》るものだ。

「私みたいな小娘が古巣を好き勝手にしてりゃぁ、いい気はしないだろうしね」

ラウラリスがそう言うと、イノフは鋭い視線を向ける。

「そう思っているなら、どうしてついてきた」

「筋を通す……ってぇのは大袈裟《おおげさ》だが、こうして顔を合わせたんだし、話くらいはしておくべきかと思ってね」

一度仕事を引き受けた以上、雇《やと》い主《ぬし》からの命令がない限りは、誰が何を言ったところで警備隊強化の仕事を降りるつもりはない。

だからといって、外野の意見を完全に遮断するつもりもない。

それが内野に限りなく近い立場にいる者の話なら、なおさらだ。

しばらくの沈黙の後、イノフが先に口を開いた。

「……別に、儂《わし》としてはそちらのしていることを止めようとは思っていない」

「おや、そうなのかい」

これには、ラウラリスも少し拍子抜けした。そして彼に続きを促《うなが》す。

「最近の警備隊の状況は、儂《わし》の耳にも入ってきている。前に比べて頼り甲斐《がい》が出てきていると評判だ。こんな短期間で警備隊を変えたお嬢さんにとやかく言うつもりはないし、あったとしても、今の儂《わし》は口を挟める立場でもない」

イノフのこの言葉を受けて、ラウラリスは興味深く彼の顔を見た。

「なんだ？」

「いやぁ、顔で損してそうな男だなぁと」

「……………………面と向かってそんなことを言われたのは初めてだ」

このイノフという男。強面《こわもて》のせいで第一印象こそ頑固《がんこ》で偏屈《へんくつ》に見えるが、話を聞けば頭が固い男ではない。

むしろ、思っていたよりも遥かに話がわかる。

ラウラリスの外見からは想像がつかないようだが、彼女が起こした警備隊の変化を冷静に受け入れている。

険《けわ》しい顔つきは、別に機嫌が悪かったわけではない。

彼にとっての真顔が、見る人にとっては機嫌が悪そうに思えるだけの話だった。

微妙な空気を咳払いで誤魔化《ごまか》し、イノフが口を開く。

「とはいえ、聞いた話の全てをそのまま受け入れられるほど、儂《わし》の頭も柔らかくはない。一度機会を見て、警備隊の屯所《とんしょ》を訪ねようとは思っていたんだが」

その張本人《ラウラリス》が、自分の家でのほほんとお茶していたわけだ。

それは驚くわな、とラウラリスは苦笑した。

「最近、若い女性と友人になったと妻からは聞いていたが、それがまさかな」

「で、会ってみた感想は？」

「聞いていた通りの可愛らしいお嬢さんで、驚いた」

「やめとくれ。ユミルさんから怒られちまう」

はっはっはとラウラリスは笑った。

一方のイノフは、複雑そうな表情をしている。

「本当のところは少し信じられんよ。こんな若い娘さんが、儂《わし》が出ていった後の警備隊を立て直したとはな。一体何をやればああなるんだ？」

「そこは聞いてないのかい？」

「若い奴に聞いてはみたが、途端に、極寒の真冬の外に放り出されたかのように震え出して、誰も答えてはくれなんだ」

女帝式《ラウラリス》ブートキャンプは、経験の浅い若者には刺激が強すぎたようだ。

ラウラリスがイノフにその内容を伝えると、彼の強面《こわもて》が少し引きつった。

「それはまたなんとも……強烈だな」

「一ヶ月って限られた期間内で仕上げるんだから、このくらいの荒療治《あらりょうじ》は必要さ」

「そうか……」

「本来ならもっと長期で徐々に慣らしていくんだがねぇ……」

「そうだな……本来ならそれは儂《わし》の役割だったんだ。それを放棄した儂《わし》にとやかく言う筋合いはない。実際に効果が出ているならなおさらだ」

イノフの強面《こわもて》の眉尻が下がる。それを見て嘆息するラウラリス。

「落ち込む必要なんてないさ。あんたが後を任せたヒルズは頑張ってるよ。私の課した訓練を率先してこなしてる。そのお陰で、他の隊員たちの士気も高い。ちょいと気負《きお》いすぎて空回り気味だったが、それも責任感故《ゆえ》だって考えりゃ悪くないことだ。あんたはあんたなりにできることをやったんだろ？」

ラウラリスはそう励《はげ》ますが、イノフは首を横に振る。

「いや。現状がよかろうとも、警備隊の評価を下げたのは、かつてはあいつらを率《ひき》いる立場だった儂《わし》の落ち度だ」

イノフが警備隊長であった頃、元来の強面《こわもて》と鍛《きた》え上《あ》げた屈強《くっきょう》な肉体を持つ彼に率《ひき》いられる警備隊は、町の住人たちから頼りにされ悪党たちからは畏怖《いふ》されていた。イノフは己《おのれ》の仕事に誇《ほこ》りを持ち、町の治安を守ることに努《つと》めていた。

だが、警備隊全体の高齢化が進み、引退を考えなければならない時期が訪れた。

「儂《わし》は町長に警備隊の増員を進言したが、のらりくらりと先延ばしにされてしまった。今では後悔しとるよ。事の重要性をもっと真剣に伝えるべきであったと」

自分とて、一人前と呼ばれるまで数年では足りなかった。

長く先輩隊員の世話になり、そのお陰で町の住人から頼りにされる警備隊長になれたのだ。

そのことを町長にもっと真摯《しんし》に伝えられていればと考え続けていた。

イノフはラウラリスにそう告げた。そんな彼に、ラウラリスは答える。

「ユミルさんが言ってたよ。仕事を辞めてからのあんたは、どことなく元気がないってね」

「……あまり表に出さないようにはしていたんだがな」

イノフに元気がなかったのは、仕事を辞めて生活にハリがなくなったからではない。

自分がいなくなった後の警備隊が、常に気がかりだったのだ。

面倒を見られた時間は短かったかもしれないが、それでももっとやりようがあったのではないか。こうしていればよかったのではないかと、頭の中を過《よぎ》るからだったのだ。

「後進の育成ってのは、どこの業界でも常につきまとう問題だねぇ」

ラウラリスは昔を懐かしむように呟いた。

悪の女帝が死した後、平和な時代を長く続けるために、ラウラリスはできうる限りの手を尽くした。

直接手ほどきをした者もいれば、当人にも気づかれぬように陰ながら教育を施《ほどこ》した者もいる。

当時はそれが最善だと考えたが、死して転生した今になれば、他に手があったのではと考えることはよくある。

もっとも、思いつく全ての手段を講じるには、とてもではないが短い人生では時間が足りなさすぎる。

「結局のところ、限られた時間の中でうまくやりくりするしかないってことさ」

「それはわかっているんだが……？」

ラウラリスの重い言葉にイノフが相槌《あいづち》を打つ。しかし、縦に振ってから彼は首を傾《かし》げた。

「どうした？」

「いや、当たり前のように頷きはしたが、よく考えると、孫みたいな年齢の娘さんが口にするような台詞《せりふ》ではないと思ってな。いや、言っていることは間違いなくその通りなんだが……」

単に十代半ばの少女が今の台詞《せりふ》を口にしたところで、知識をなぞった上辺《うわべ》だけの言葉に聞こえるはずだ。

しかし、目の前の少女の声には上辺《うわべ》だけではない『実』が含まれていた。

それだけにイノフは首を傾《かし》げるしかなかったのだろう。

「あんたと話してると、若い娘さんだってことを忘れそうだ」

イノフの言葉に、ラウラリスは大声で笑った。

「はっはっは。ここ最近はよく言われるねぇ」

前世のラウラリスの享年は、八十を超えていた。

イノフは現在六十歳を過ぎた程度に見えるため、精神年齢でいえばラウラリスのほうが遥かに年上だったりする。

そのため、イノフが戸惑うのも当然というものだ。

そんなことを考えながら、ラウラリスはイノフを見つめた。

「けどまぁ、どうせあれこれ悩むくらいだったら行動してみたらどうだい」

「何かしようにも、儂《わし》は警備隊を引退した身だ。それに、今の隊長はヒルズに任せている。いまさら儂《わし》のような老いぼれがしゃしゃり出たところで、若い奴らの邪魔になるだけだ」

「それがわかってりゃぁ、十分うまく立ち回れるよ」

一つのところに長く留《とど》まった人間というのは、価値観が固定されやすい。長年続けてきた己《おのれ》の中にある決まりこそが正しいと思いがちだからだ。

その点、イノフは己《おのれ》がもう誰かの上に立つ人間ではないと心得《こころえ》ていた。よくも悪くも謙虚《けんきょ》だ。

それならば、このよい部分だけを取り上げればいい。

「別に、ずっと警備隊に居座れって話じゃない。たまに隊員たちの相談に乗ってやりゃぁいいのさ。今話した感じだと、警備隊の奴らとは定期的に会ってるんだろ？」

「それはまぁ、な」

「後進に現場を任せるのは大事だが、完全に離れる必要もないのさ。後輩の相談に乗ってやることもまた、先達《せんだつ》の役割だろう？」

軍の最高責任者を引退した後でも、ラウラリスはよく後任の相談に乗っていた。上に立つ者の重責を理解しているからこそできる助言も多くある。

その自《みずか》らの経験から、ラウラリスはイノフに告げる。

「特に、ヒルズとは絶対に一度会って話したほうがいい。悩みを聞いてやるだけでも、あいつの荷は軽くなるだろうさ」

「だが、あんたの言う通り、あいつは責任感が強い。そうすんなりと弱音を口にしてくれるとは思えないが」

イノフには若者ばかりの未熟な警備隊を、やはり若いヒルズに半ば押しつけるようにして退職してしまった負い目がある。だからこそ、警備隊を引退してから顔を合わせることに躊躇《ちゅうちょ》しているに違いない。ラウラリスはそう睨《にら》んでいた。

「だったら、お前さんの弱みも口にしてやればいいのさ」

「儂《わし》の？」

ラウラリスは大きく頷く。

「おそらく、ヒルズの中でお前さんは、完璧な隊長ってイメージだろう。それ故《ゆえ》に気負《きお》ってしまい、空回りしてた。だから、お前さんにもヒルズと同じ未熟な頃があったたって話してやれば、ヒルズもお前さんと自分を重ね合わせて共感できるはず。そうすりゃ以前よりも話しやすくなるだろうさ」

「な、なるほど」

弱みを見せるということは、その相手を信頼しているということでもある。こんなことまで話してくれるのなら、自分も相手のことを信じても大丈夫だろうという安心感が生まれるのだ。

「特に、お前さんの場合は面《ツラ》が怖い。そんな相手が心の内を話してくれたとありゃ、ギャップも相まって親しみを持たれやすい」

「――ッ、この顔にそんな効果が」

普段素行が悪い者がちょっとした善行をすることで、妙によい印象を持たれるのと同じだ。

いわゆるギャップ萌えってやつだね、とラウラリスは内心で呟いた。

恐怖をもって自国の支配を完全なものとした女帝は、人心掌握術《じんしんしょうあくじゅつ》に関しても精通していた。

一度表情を明るくしたイノフだが、すぐに眉根を寄せて言う。

「……しかし、町長がどう思うかが少し気がかりだが」

「そこは私がなんとかする。警備隊の弱体化の大きな原因は、町長の見通しの甘さだからね。その辺《あた》りを強調して、嫌とは言わせない。どうせなら『相談役』って形で正式な役職にしちまえばいいのさ。うまくいきゃぁあんたに給料も入る」

ケケケと、悪党のような笑みを浮かべる元悪の女帝《ラウラリス》。

——いつの間にか、イノフは目の前の少女の外見のことなど完全に忘れ、その話に聞き入っていた。

そして、ラウラリスとイノフの話し合いは、酒場が閉まる夜遅くまで続けられたのであった。

第十二話　準備をするババァ（未遂）

――一ヶ月で、私がいっぱしの警備隊に鍛《きた》え上《あ》げてやる。

ラウラリスがそう宣言をしてから、そろそろ一ヶ月になろうとしていた。

もちろん、彼女は何も考えずに一ヶ月と言ったわけではない。

これまでの経験上、そのくらいの時間があれば、町の治安維持をこなすくらいまでならどうにかなると計算していた。

その読みは正しく、警備隊は一ヶ月前とは比べものにならないほど、頼りになる集団へと成長していた。

嬉しい誤算はいくつかあった。

まず、かなり早い段階で警備隊長《ヒルズ》や他の隊員たちからの反発がなくなったこと。

経験こそ少なかったが、体力と根性が必要な分だけ備わっていたこと。

そして、警備隊員のほぼ全員が職務に対して真面目であったことだ。

「自分たちが町を守るのだ」という自負が彼らの士気をより高くし、非常に有意義な時間を過ごすことができた。

これはまさにイノフの功績に他ならない。

彼は隊長であった頃、限られた時間の中で、できる限りの手を尽くし、新人たちに隊員としての心構えを教え込んでいたのだ。

そんなイノフは、ラウラリスの助言通りに警備隊の屯所《とんしょ》に顔を出すようになった。

彼の来訪に警備隊の面々は驚きつつも、その顔には喜びの色が強く表れていた。町中で顔を会わせることはあっても、こうして屯所《とんしょ》にわざわざ出向くことはこれまでなかったからだ。

警備隊の者たちは、強面《こわもて》であるがイノフの人柄をよく知っており、引退した身である彼を心より歓迎していた。

一番感激していたのは他ならぬヒルズだ。

ヒルズとイノフは、イノフが警備隊を辞してから一度も会っていなかったらしい。

イノフは中途半端な形で警備隊を去ってしまったこと、ヒルズは隊長になってから警備隊の評判を落としてしまったことへの負い目から、お互いに町中で姿を見かけても声をかけなかった。声をかけたところで何を喋《しゃべ》ればいいのかわからなかったのだ。

ラウラリスはそんな両者の胸の内を聞いたので、事情を知る彼女が二人の仲立ちをした。

そうすることで、イノフとヒルズは腹を割って話す機会を得ることができたのだ。

その結果、ヒルズのやる気はそれまで以上のものになった。

やる気が溢《あふ》れすぎてラウラリスが力ずくで制止することもあったが、それもまたよき兆候である。

これらの要素が揃ったお陰で、ラウラリスの『警備隊強化計画』は順調に進み、無事に実を結んだ。

あとは時間をかけて、成長した警備隊の存在を町の住民たちの間に浸透させていけばいい。

そうすればラウラリスが最初に言った通り、警備隊という組織そのものが犯罪への『抑止力』となり、この町の治安は一層守られるだろう。

それと、屯所《とんしょ》に出入りするようになり、警備隊の資料を読んで、ラウラリスは知ったのだが……

手配書の出回っていた鉄級《メタル》の犯罪者たちを、ラウラリスは嬉々として捕縛していたが、実は他の町ではあれほど多くは手配されないらしい。

他の町では、ギルドに手配書が回る前に、警備隊が捕らえているからだ。

残念なことに、この町の警備隊が捕縛しようとしたものの取り逃がした小悪党がその後も犯行を重ね、結果として手配書が回るようになったというのが大半だった。

ラウラリスの経験上、この流れはよろしくない。

悪さをしても捕まらないという事実が広まれば、それは犯罪者が増える大きな要因になり得《う》る。

思っていた以上にこの町の治安は危機的状況に陥《おちい》っていた。それを水際で止められたことは喜ばしいことだ。

警備隊の強化を請《う》け負《お》って得た報酬は、それなりのものになる。しばらくの路銀に困らない程度の稼ぎにはなった。

第二の人生を得て二ヶ月半近く。そろそろこの町を出ていく頃合いだ。

町長と明確な契約終了の日時はとり決めていなかったが、あまり長居するのはよくないだろう。

ダラダラと居座ってしまえば、警備隊員たちはラウラリスの存在に慣れ、甘えてしまうかもしれない。

多少の名残惜《なごりお》しさを覚えつつも、ラウラリスは己《おのれ》の引き際を考え始めていた。

だが、ラウラリスの出立《しゅったつ》は彼女の予想もしなかった形で、少しばかり延期になるのである。

ラウラリスが町を出る準備を始めてから二日後のことだった。

急遽《きゅうきょ》、ラウラリスとヒルズは役所に呼び出されていた。呼び出したのは町長《イームル》で、何やら急ぎの用件があるとのこと。

警備隊に用があるなら警備隊長《ヒルズ》だけでも十分なはずだが、ラウラリスにも是非来てほしいとのことで馳《は》せ参《さん》じたのだ。

そろそろ契約を終えるとはいえ、ラウラリスの雇《やと》い主《ぬし》はイームルだ。彼の招集には応じるのが筋というもの。

そして、ラウラリスたちが呼び出された内容だが。

「先日から、付近の森に『危険種《きけんしゅ》』が住み着いたとの情報が相次いで報告されています。警備隊にはその調査と、危険種の駆除をお願いしたいのです」

「危険種が……ですか」

ヒルズの顔に緊張が走る。

危険種というのは、人間に害を加える可能性が非常に高い動植物の総称だ。

そんなものが町の近隣に住み着いたとなれば、住人にも危険が及ぶ。

早急な駆除が望まれるのも当然である。とはいえ……

「ちょいとお待ちよ。危険種ってぇのはハンターの獲物《えもの》なんだろ。なぁんで治安維持が仕事である警備隊が、そんなことしなけりゃならんのさ」

ラウラリスは疑問を述《の》べた。

危険種はラウラリスの前世にも存在していた。

当時も今と変わらず、人間にとっては害あるものとして、その駆除は帝国軍が担《にな》っていた。

だがこの時代に帝国軍はいない。

代わりに今の世の中で危険種の駆除を行《おこな》っているのはハンターであると、ラウラリスは聞いていた。

それに、危険種は人を害する一方で、ハンターの格好の獲物《えもの》なのだ。

ハンターは調達の依頼を受ける前でも、動物を狩ったり植物を採取したりして、それをギルドに売ることで金を得る。動物であれば皮や爪《つめ》、植物であれば花や葉といった各部分に解体し、ギルドを仲介して、それぞれを欲する者に届けるのだという。

ハンターたちは、解体したそれぞれの部分のことを『素材』と呼んでいる。

危険種から取れる素材は、他の動植物に比べて需要が高い。

例を挙げればきりがないが、武具や装飾品に薬や料理などなどその用途は多岐《たき》にわたる。

ハンターの中には、その他の依頼は最低限しか受けず、危険種の素材の販売を主として生計を立てている者もいるらしい。それほどその素材は求められている。

ということは、危険種の駆除を依頼すれば、請《う》け負《お》いたいハンターはそれなりにいるはずなのだ。

警備隊が出動すべき理由がわからず、ラウラリスはさらにイームルを問いつめる。

「警備隊が出張《でば》る必要があるのかい？　もしもの時に備えて、ハンターを雇《やと》うための予算とかも常に用意してんだろ」

危険種が町の付近に発生した場合、その対処としてハンターを雇用するために、特別な資金の積み立てを常に行《おこな》っていると、ラウラリスは資料を読んで知っていた。

これまでは危険種が発見され次第、速《すみ》やかに町がギルドに依頼し、ハンターたちに駆除を任せていたという記録も残されていた。

「それはそうなのですが……」

と、そこでイームルが困ったように顔を伏せてしまった。

理由はあるが、口に出すのは躊躇《ためら》われる。そんな仕草であった。

そこでラウラリスはピンと来てしまった。

「今まで警備隊を手伝わせていたハンターの雇用費って、その予算から出てたのかい？」

「……ラウラリスさんは本当に鋭いですね。あなたのおっしゃる通りです」

ずばり言い当てられ、イームルは諦《あきら》めたように肩を落とした。

ハンターを雇《やと》うのは決して安くはない。

その上、警備隊の力不足を補《おぎな》うため、もう一年以上もイームルはハンターに依頼し続けているのだ。

その間に支払った額はかなりのもの。

この町はさほど大きくない。税収とて限られている。

決して潤沢《じゅんたく》とは言えない町の予算にはなるべく手をつけず、ハンターを雇《やと》いたいとイームルは考えたのだろう。

苦肉の策として、万が一の時にハンターを雇用するために用意していた、特別な資金からその金を捻出《ねんしゅつ》していたのだ。

そして、積み立てていた特別資金は、ついに尽きてしまったということだろう。

警備隊の補助のためとはいえ、万が一の時にハンターを雇用しているので、ある意味使い道は間違ってはいなかったのだが……

「こいつはまたなんともつっこみづらい」

さすがのラウラリスも、町長を一方的に責めるのは躊躇《ためら》われた。

町の資金源は町に住む人々が支払う税金そのものだ。

その使い道は、常に町のためであらねばならない。

ラウラリスが生きていた頃だと、その税金を全て己《おのれ》の金だと誤解し、贅《ぜい》の限りを尽くしていた大馬鹿者どもが非常に多かった。そいつらを処罰し、税金を国民に還元するのもラウラリスの仕事の一つであった。

一方、イームルは町民のために税を使ったという点では、立派に町長としての責務を果たしていると言っていいだろう。

少し、見通しの甘さは目立つが。

「……いやちょっと待て。もしかして手配犯の報奨金《ほうしょうきん》や私の給料もそっから出てたりするのか？」

びくりと、イームルの肩が震えた。図星だったようだ。

それだけではない。ここ一ヶ月、警備隊はラウラリスの課した訓練を行《おこな》うため、巡回任務に出るのは通常の半数だけであった。その間の人手不足を、一時的に新たなハンターを雇《やと》うことで補填《ほてん》していたわけだ。

ラウラリスは頭が痛くなりそうになりながら、イームルに告げる。

「大方、万が一の可能性なんぞ全く考えてなかったんだろうよ」

「自分たちが不甲斐《ふがい》ないばかりに……」

「いやいや、こいつはあんたらの責任じゃないよ」

ヒルズが悔しげに呻《うめ》くが、ラウラリスは即座に否定した。

ここにきて、ようやくラウラリスは気がついた。

イームルは真面目に職務に取り組んでいた。ただ、彼に足りなかったのは『危機感』だ。警備隊の代替わり問題を皮切りに、この問題が発生した。全てはイームルの見通しの甘さが原因であった。

「ここ数年辺《あた》りは、目立った危険種が町の付近に現れることがなかった。だから、これからもそうだと楽観視してたんだろう。全く、甘いとしか言いようがないね」

「返す言葉もありません」

呆《あき》れ果てたラウラリスの呟きに、イームルは叱《しか》られた子供のように萎縮《いしゅく》していた。

自分よりも一回り――どころか二回り以上も若い娘にこれほど偉そうに言われたら、正論であろうとも激昂《げっこう》するのが普通だろう。それなのに、本当にいたたまれないといった風に、イームルは頭を下げるのだ。

「ったく、しょうがないね」

俯《うつむ》くイームルを前に、ラウラリスはぼやく。

責めるような言葉を口にはしたが、ラウラリスにも責任の一端はあった。

この一ヶ月の間にハンターの増援を頼んだのは自分だ。必要なことではあったが、こちらの要望を素直に受け入れられた時点で、疑問を持つべきだった。

そう考えて「否《いな》」と思い直し、ラウラリスは首を横に振る。

一ヶ月前の時点で、町長の『甘さ《それ》』を見抜くのはラウラリスには不可能だった。

それに、案を出したのはラウラリスであったが、それに決を下すのは町長だ。

責任とは行《おこな》った者ではなく、行《おこな》うと判断した者が負うべきだ。自分は悪くないと言いきれなくとも、この責任は町長にあるのは間違いない。

しかし、いまさら何を言ったところで後の祭り。

責任追及に時間を割き、目の前の問題を疎《おろそ》かにしてはそれこそ本末転倒《ほんまつてんとう》。

先に解決するべきことがある以上、まずはそちらに専念すべきだ。

ラウラリスは己《おのれ》の内心に区切りをつけると、ヒルズのほうを見た。

「で、警備隊としてはどうするんだい？」

「俺に聞くんですか⁉」

「当たり前だろ。私はトップとはいっても、そいつは警備隊《あんたら》を鍛《きた》えるための口実だからね。警備隊の隊長はあんたの他にいないよ。それに、もう約束の一ヶ月だ。私はずっとこの町にいるつもりはないんだしね」

ラウラリスの言葉を受け、ヒルズはぐっと呻《うめ》いた。

契約期間が過ぎてしまえば、ラウラリスは警備隊やこの町を助ける義理はなくなる。

そうしたら、警備隊だけでこの町の治安を守っていかなければならなくなる。

イノフという頼りになる相談役が戻ってきたところで、実際に隊を動かすのはヒルズと若い隊員たちなのだ。

いつまでも、彼女が頼られているわけにもいかない。

ヒルズにもそれは伝わったようで、表情が引き締まっていた。

彼は、一度、イームルのほうを見てから再びラウラリスに向き直る。

「……我ら警備隊は、町の組織です。町長の意向には従わなければなりません。それに――」

「それに？」

「町の平和と住民の安全を守るのが、警備隊の仕事です」

「うん、よく言った」

満足のいく答えを聞けて、ラウラリスは笑顔で頷く。

単なる義務感から生じた言葉ではない。

己《おのれ》の職務に対して真摯《しんし》に向き合い、誇《ほこ》りを抱《いだ》いている者が発する、力強さを秘めていた。

とはいえ、やる気だけではどうにもならないというのも、ラウラリスは知っていた。

はっきり言って、危険種の駆除は人間や単なる野生動物を相手にするのとはわけが違う。

以前よりも警備隊の士気は高く実力も向上したとはいえ、備えもなく危険種と戦うことなどできるはずもない。

何よりも、このまま黙って見過ごすなど、ラウラリスにはできなかった。

「しょうがない。今回は特別にサービスしといてやるよ」

「で、では」

ヒルズが顔を輝かせた。ラウラリスはやれやれと肩を竦《すく》める。

「ああ。この仕事、最後まで付き合ってやるよ。そのために町長も私をここに呼んだんだろうしね」

死傷者こそまだ出ていないが、すでに危険種に襲われたという報告が何件か届いている。

どれも町に出入りする商人や旅人からのものであり、荷物をいくつか囮《おとり》にして、どうにか町の中に逃げ、一命を取りとめたらしい。命と荷物を天秤《てんびん》にかけ、迷わず命を選び取った判断力は褒《ほ》められる。おそらくは危険種の脅威《きょうい》を知っていたのだろう。

だが、犠牲《ぎせい》者が出るのも時間の問題だ。何より、町の住人に被害が出るのは避けたい。

ラウラリスは危険種討伐の準備として、警備隊に何をさせるかをじっくり考え始めたのだった。


町長に呼び出された日から三日間。

その間に警備隊はできるだけの準備を行《おこな》い、危険種の討伐に臨《のぞ》むこととなった。

準備期間としては短いが、時間がかかればかかるほど、被害者が増える。これ以上引き延ばすのは無理だった。

——そして、いよいよその日が訪れた。

「悪いね、ちょいと無理言っちまって」

「構わないさ。危険種の討伐は俺たちの本職だからな」

人が目覚め始める早朝。

警備隊が最後の準備を進める中、それを眺めながらラウラリスとグスコは互いに苦笑した。

グスコと他数名のハンターには今回の危険種討伐において助っ人として参加してもらうことになったため、彼もこの場に来ていたのだ。

だが、主力はあくまでも警備隊だ。ヒルズが選びラウラリスも吟味《ぎんみ》した、隊員たちの中でも実力が高い七名。このメンバーで討伐に向かう。

これから赴《おもむ》くのは草木が生い茂った森の中。大人数で入れば統率しにくく動きも鈍《にぶ》る。

加えて、警備隊は町の中での巡回は慣れていても、森での行動には不慣れだ。

そのため、統率が保てる最低限の人数で動くのがベストだと、ラウラリスが判断した。

しかし、戦闘経験が少ない上に少人数ともなると、警備隊の面々だけではいささか心許《こころもと》ない。

そこでラウラリスが町長に頼み、どうにか追加報酬を工面《くめん》し、これまで警備隊を手伝うために雇《やと》われていたハンターたちの参加を要請したのだ。

普段より町長から報酬を得ている彼らであれば、いつもの報酬に今回の仕事の分を上乗せした金額を提示すれば、仕事に乗ってくれると考えたのだ。

多少の出費はかさむが、一からハンターを雇《やと》うよりかは格段に安く済む。

もっとも、仕事を受けるか否《いな》かはハンター次第だった。

彼らが依頼されていたのはあくまでも町の治安を維持することであり、危険種の討伐は完全にその範囲外。何より、出費を少しでも抑えようとするこちらの思惑《おもわく》は伝わっていただろう。

それでも、グスコたちは依頼を引き受けてくれたのだ。

「感謝するよ。さすがに私だけだとフォローしきれない部分とかも出てくるだろうしね」

ラウラリスはにこやかに告げる。すると、グスコは首を横に振った。

「危険種の死体はハンター《こっち》で引き取っていいって話だからな。それほど安い仕事ってわけでもない」

それは、少しでもグスコたちが乗り気になってくれるようにと、ラウラリスが出した案だ。

効果は出ていたようで何よりだ。

仕方がないこととはいえ、グスコたちに損をさせるのはラウラリスの本意ではない。たとえ、グスコたちが善意で警備隊に協力していたとしても、だ。

ふと思って、ラウラリスはグスコに問いかける。

「なぁ、この際だから聞いちまうが、どうしてあんたは警備隊を手伝ってるんだい？」

「どうした、藪《やぶ》から棒《ぼう》に」

「警備隊《あいつら》の準備が終わるまでの暇潰しみたいなもんだ。構わないだろ？」

「……誰かに聞かせるような話ではないが、あんたには話してもいいか」

グスコは苦笑しながら、ゆっくりと口を開いた。

「……俺はこの町で生まれ、この町で育った」

だが、グスコはやがてハンターになると、仕事を求めて町の外に出た。

この町にもギルドはあるし依頼もある。

けれども、グスコは外の世界に憧《あこが》れを感じ、刺激を求めて町を去ったらしい。

各地を転々とし、銅級《ブロンズ》にまで昇格したことで、グスコは一度故郷に戻った。

それまで夢中になって日々を駆け抜けてきた己《おのれ》の身を振り返り、ふと生まれた場所が恋しくなったのだという。

「人間、たまには立ち止まったり振り返ったりするのもいいだろ。至極《しごく》真っ当だよ」

ラウラリスはグスコの話を聞いた後、そう言ってうんうんと頷いた。

「あんた、その歳にして老成しすぎじゃないか？」

「はっはっは」

何せ中身は八十を超えたババァだ、と言えるわけもなく、ラウラリスは軽快に笑って誤魔化《ごまか》した。

そんなラウラリスをちらりと横目で見ながら、グスコは続ける。

「……帰ってきて、町の雰囲気がおかしいことに気がついた。少し調べてみたら、警備隊の古参が一斉に引退し、素人《しろうと》に毛が生えた程度の奴しか残ってないのを知ったよ」

犯罪の抑止力として大幅に機能が低下した警備隊。

さらに、徐々にではあるが町の治安が悪くなっているという噂を耳にしたそうだ。

ハンターになって飛び出しはしたが、それでもグスコにとって、この町は生まれ故郷。

彼なりに、故郷のために何かできないかと考えるようになったらしい。

「前に警備隊を引っ張ってたイノフの爺《じい》さんには、ガキの頃に世話になったことがある。それを思い出したらなおさら放っておけなくなってな。俺と同じ、この町出身の他のハンターも似たようなことを考えてた」

そこで見つけたのが、町長の依頼。警備隊の手が回らない部分をハンターに補佐してほしいというものだった。

「だから、他の奴らと一緒に依頼を受けたのさ」

「そんな経緯があったのかい」

「だからお嬢さんには感謝してる。警備隊を立派に立て直してくれたからな。これで俺たちの契約も無事に終了。後腐れなくハンター稼業に専念できるってもんだ」

「よしとくれよ。お礼ならこの仕事をきっちり片付けてからにしときな」

笑いながら、ラウラリスはグスコの背中を叩いた。グスコは気を引き締めるように軽く息を吐く。

やがて警備隊の準備が終わると、討伐任務に赴《おもむ》く七人が横に整列した。その背後には、彼らの留守を守る他の隊員が集まる。

前に立つヒルズは、警備隊の面々を一度見回してから声を張り上げた。

「我々はこれより、危険種討伐の任に入る！　我らの本分とは多少異なるが、これも町の人々を守るため！　各自、全力をもって任務に当たるように！」

「「はい！」」

七人からの力強い返答にヒルズは鷹揚《おうよう》に頷き、続けてこの町に残る隊員たちに告げる。

「我々がいない間、他の隊員たちは引き続き町の治安維持に努《つと》めてくれ！　そうすることで、我々討伐組は心置きなく目の前の任務に専念できる!!　あとは任せたぞ!!」

「「「はいっっ!!」」」

全員揃って、気合いは十分のようだ。

ヒルズは最後に、己《おのれ》たちを見送りに来たイノフに目を向けた。

「イノフさん。俺たちがいない間、隊をよろしくお願いします」

「ああ。町のことは儂《わし》らに任せろ。お前たちは後ろを気にせず職務に当たれ」

「はい！」

臨時のことであるために、イノフはヒルズがいない間の隊長代行を引き受けてくれたのだ。彼がいてくれれば、町に残る警備隊の指揮は問題ない。

「しかし、やる気があるのはいいが、気負《きお》いすぎるなよ。やる気が先走って空回りするのがお前の悪い癖だからな」

「うっ……き、肝に銘《めい》じておきます」

痛いところをズバリとイノフに突かれて、意気込んでいたヒルズの肩ががっくりと落ちる。その様子に隊員たちが忍《しの》び笑いをした。

（さすがは熟練《ベテラン》だねぇ。ヒルズはいい具合に肩の力が抜けたか）

イノフの細《こま》やかな心遣いに感心しつつ、ラウラリスは満足げに頷く。

気を取り直したヒルズは、先ほどよりかは落ち着いた様子で、討伐隊の面々を見渡した。

「では出発する。各自の健闘を望む！」

号令とともに、警備隊とハンターたち、そしてラウラリスは出発した。

第十三話　しょんぼりするババァ

ギルドや目撃者からの情報により、危険種が徘徊《はいかい》しているのは、町から歩いて半日程度の距離にある森の中だということがわかった。

積極的に人の生息域に侵入する様子はないが、かといって無視できるほど町から離れてはいない。

一行《いっこう》は森の中をどんどん進んでいく。

「件《くだん》の危険種以外にも十分気をつけな」

「もちろん心得《こころえ》ています、ラウラリス殿」

集団の先頭を歩くヒルズとラウラリス。

その背後には警備隊がおり、最後尾には警戒役としてハンターが。グスコは斥候《せっこう》として少し先を歩いている。

危険種はいなくとも、道程の半ばに油断していい道理はなかった。

――と、ラウラリスは脅《おど》すようなことを言いはしたが。

この森に件《くだん》の危険種以外にはさほど脅威《きょうい》となる動植物は存在しないと、グスコからは聞かされている。

万が一の可能性はもちろん想定するべきだが、油断しなければ問題ないだろう。

それに、警備隊にとっては初めての町の外での活動だ。

もしかしたらこれから先に似たような事態に陥《おちい》ることもあり得るだろう。その時のことを考えれば、これもいい経験となる。

「……ラウラリス殿、一つ聞いてもよろしいでしょうか」

「スリーサイズは秘密だよ」

「いえそうではなく」

普通に返されてしょんぼりとするラウラリスだったが、ヒルズは気にせず真面目に問いかける。

「この討伐任務が終わったら、ラウラリス殿はどうなさるのですか？」

「そうだね。この町から出ていくだろうね。当初の予定の倍以上は滞在していることになるし」

滞在を始めた頃は一ヶ月程度で町を出ようと考えていたのに、装備を揃えたりなんやりでもうひと月。そこから警備隊の強化を町長から請け負《お》って延期になり、さらに一ヶ月ほどは暮らしていたことになる。

すなわち、ラウラリスが新しい人生を得て三ヶ月弱が経過したという意味だ。

「この町の居心地も悪かないが、長居するつもりはなかったからねぇ」

「そうですか……できることなら、引き続き警備隊に残っていてほしかったのですが」

ラウラリスの返事にヒルズは寂しそうな表情を浮かべるが、彼女は気にせず続ける。

「前にも話しただろうが。私は結局は外様《とざま》で、隊長はあんただ。しっかりしな。あんまり情けないこと言ってると、こいつが猛威を振るうよ」

ラウラリスは脅《おど》すように、背中に帯びている長剣の柄《つか》を握った。途端に、ヒルズの顔が青ざめるが、すぐに首を横に振って真剣な表情になる。

「……わかりました。ラウラリス殿の教えを無駄にせぬよう、立派に務めを果たしてみせます」

「そうかい。まぁ、まずは目の前の仕事をきっちりと片付けてからだよ」

「了解です」

ヒルズがそう答えたところで、グスコが駆け足気味に戻ってきた。

「どうした、何かあったのかい？」

ラウラリスは、眉をひそめて尋ねる。

「見てもらったほうが早い。ついてきてくれ」

ラウラリスは、警備隊員と他のハンターたちをその場で待機させる。張りつめたような顔のグスコが先導し、彼の後にラウラリスとヒルズが続いた。

グスコが二人を案内したのは、一見すればなんら変哲のない森の中。

けれども彼はしゃがむと、とある一点を指差した。

「こいつを見てくれ」

「………………?」

グスコが指し示す先は、雑草が生えた、ただの地面だ。

ヒルズは意味がわからず首を傾《かし》げるが、ラウラリスは顎《あご》に手を当て、考えるように言った。

「……人間の足跡、それも複数人。最近できたものかね」

「さすがはお嬢さんだな。その通りだ」

ラウラリスの見解に、グスコの肯定。

そこでようやくヒルズも、そこと他の場所との微妙な差異に気がついたようだ。

言われなければ……いや、言われたとしても見逃してしまいそうなほど、小さな痕跡《こんせき》だった。

ハンターは獲物《えもの》を狩るためにあらゆる情報を集める。こうした足跡というのは、その確かな情報の一つ。熟練したハンターほど、こういった僅《わず》かな痕跡《こんせき》を見逃さないものなのだ。

ラウラリスは心の中でグスコを褒《ほ》めつつ、彼に問う。

「あんたはどう考える」

「おそらくはハンターだろうな」

「……金に目が眩《くら》んだかね」

「可能性はあるが、なんとも言えないな」

思案顔になるグスコ。

「あの……イマイチお二人の話が呑み込めないのですが」

おずおずと質問するヒルズに答えるのは、ラウラリスだ。

「私らの獲物《えもの》を、他のハンターどもが狙ってるかもしれないのさ」

「え？　でも、ギルドにまだ依頼を出していないはずでは」

だからこうして、ヒルズたち警備隊に危険種討伐の命令が下ったわけだし。

とでも言いたげな顔をヒルズがする。それを察したのか、グスコが詳しく説明を始めた。

「危険種はハンターにとって最も利益のある獲物《えもの》だ。それだけに、町の近場に出たとあれば、それを狙う輩《やから》が出てきても不思議ではない」

もっとも、仕留めた獲物《えもの》を納品する際に、依頼がある場合とない場合では、ハンターに与えられる報酬や実績に差異が生じる。

なるべくなら、正式に依頼を受けてから獲物《えもの》を狩ったほうが実入《みい》りがいいのだが、とグスコは言い、さらに続ける。

「依頼が出された時点で、ギルドからは危険種が発見される場所やその危険度など、ある程度の情報が開示される。万全を期すなら闇雲《やみくも》に狩るよりも、依頼が出るのを待ったほうがいい時もある」

ヒルズがまだ不思議そうな顔をしているので、ラウラリスはグスコの台詞《せりふ》を引き継いだ。

「でも逆に、そいつは他のハンターにも情報が行き渡るって意味だ。抜け駆けしようとするなら、そんなの待っちゃぁいられない」

それ以前に、危険種討伐が依頼されないという可能性もある。いつまでも手をこまねいていれば、他のハンターに獲物《えもの》を奪われる。

そう考える者は当然出てくるわけだ。

ラウラリスは一息吐《つ》いた後、ニヤリと笑って言う。

「けどまぁ、考えようによっちゃぁ儲《もう》けもんだ。私らの仕事を代わりに片付けてくれるってんだからね」

「すごく前向きですね」

「形はどうあれ、今回の私たちの仕事は危険種の討伐だ。それが達成できるなら、文句はないだろ。違うかい？」

ラウラリスは立ち上がると、他の者が待つほうへと戻っていく。ヒルズはその後を追いながら答えた。

「……いえ、おっしゃる通りだと思います」

以前のヒルズであれば間違いなく反発していただろうが、彼はラウラリスの言葉を受け入れているようだった。

おそらくは、短期間ではあったがラウラリスの指導によって隊を率《ひき》いる者としての度量を着実に身につけたのだと、彼女は感じていた。

だから、己《おのれ》の矜持《きょうじ》よりも、大勢の利益になる答えを選ぶことができたのだ。

彼らは危険種を討伐するためにこの場にいるが、最優先事項は町の平和と安全を守ること。

そのための危険種討伐であるのだから、己《おのれ》の利益は二の次。

やっぱり警備隊よりハンターのほうが役に立つと言われても、また頑張ればいい。

町の平和を保つことができるのならば、多少の不利益には目を瞑《つむ》る。

あるいは、その多少を今度は己《おのれ》たちの手で達成できるように努力を続ける。

そう考えられるようになっていた。

逆に、ラウラリスの横に並んで歩くグスコは、口をへの字に歪《ゆが》める。

「ハンターの立場じゃ、少し考えにくいな、それは」

「当たり前だろう。私はハンターじゃないんでね」

「ハンター向きの性格をしてると俺は思うんだけどな。お嬢さんなら銀級《シルバー》も目指せるだろうに」

そう言われた当のラウラリスはまるで興味がなく、反応もそっけない。

「別に地位も金も求めちゃいないからね。いや、そこそこ自由にできる金は欲しいけど、求めすぎると余計なもんがつきまとってきちまう」

金と権力は、相応の面倒事が一緒になってついてくる。本人が望む望まざるに関わらず、面倒《あちら》が放っておいてくれない。

ラウラリスはそのことを、よく理解しているのだ。

グスコはその答えに、残念そうに微笑む。

「そうか。お嬢さんとなら楽しくやれそうなんだけど、無理強《じ》いはよくないな」

「悪いねぇ。けど、誘ってくれて嫌な気はしないよ」

グスコのように適度な距離感を保ってくれる者と一緒に働くのは楽しそうだ。

常に誰かの上に立ち続け、最終的にはその頂点に君臨していたラウラリスにとっては、新鮮に思えた。

だが、しばらくの間は独り身のままでいたいというのが、正直な気持ちだ。

ラウラリスがそう考えている間に、他の者を待たせていた地点に戻ってきた。

彼女はそこにいる全員に声をかける。

「さぁ、先を行くよ。危険種がいるのはこの先で間違いないのかい？」

ラウラリスの問いに、グスコが頷く。

「そいつは確かだ。いつでも戦えるように準備だけはしておいてくれ」

グスコがその言葉を向けた相手は、ラウラリスではなく警備隊だ。

いよいよかと、警備隊の皆に緊張が走った。


――それからほんの少し経過した頃、それをいち早く察知したのはラウラリスであった。

周囲を警戒しながら歩いていた彼女は、唐突に視線を鋭くする。

「構えな。おいでなすったよ」

彼女の予告から僅《わず》かな時間差で、荒々しく草を踏み締める音が聞こえてきた。

「――ッ、総員！　戦闘準備!!」

ヒルズは大きく目を見開き怯《ひる》んだものの、すぐさま腹をくくったように真剣な顔つきになり、隊員たちに叫んだ。

彼の号令に応じて、全員が剣を引き抜く。

警備隊の戦闘態勢が整ったのを見計らったかのように、森の奥から危険種が姿を現した。

鈍色《にびいろ》の毛を持った狼。グレイウルフと呼ばれる狼の危険種。数は四体。

彼らは通常の狼に比べて獰猛《どうもう》な性格をしており、牙《きば》や爪《つめ》は大きく発達している。

習性は狼とほとんど変わらないが縄張り意識が格段に強く、それを侵《おか》す者に対しては容赦《ようしゃ》なく襲いかかる。

「あんたらは警備隊《やつら》のフォローを頼む。ヤバそうだったら助けてやっとくれ」

すでに各々《おのおの》の武器を手にしていたグスコたちに、ラウラリスが頼んだ。今回の主役はあくまでも警備隊だからだ。

「了解だ」

ラウラリスの頼みを、グスコをはじめとしたハンターたちは、受け入れる。

こうして、警備隊にとって初の危険種との戦闘が開始された。

「二人一組で対処しろ！　絶対に単独行動するな‼」

自分も隊員の一人と組みながら、ヒルズが命令する。合計八人の警備隊員がそれぞれ二人組を作り、四組が完成した。

危険種が鋭い爪《つめ》を振りかざして、隊員の一人に向かって襲いかかる。

隊員がとっさに盾を構えて防ぐと、その表面が爪《つめ》にガリガリと削り取られた。そこへ、コンビを組んでいたもう一人の隊員が飛び込み、隙をついて剣で切りつける。

ラウラリスの判断で、警備隊全員に盾を装備させていた。普段は装備していないが、町中での暴徒鎮圧にも使えるもので、防御力もそれなりにある。

警備隊の二人組はそれぞれで攻撃と防御を担当し、片方が防いでいる隙にもう片方が攻める。

作戦とも言えない案だが、普段から一緒に訓練している隊員たちのチームワークがあればなんとかなると、ラウラリスは踏んでいた。実際に、二人一組での対処は良好に機能している。

危険種は野生動物だ。人間とはまるで違う動きに隊員たちは戸惑っているが、二人一組で互いをフォローすることで補《おぎな》っている。

「初めて危険種と戦う奴ってのは大概腰が引けてるんだが、その辺《あた》りは問題なさそうだな」

グスコの言葉に、ラウラリスは大きく頷いた。

「経験が少なかっただけで、元々の実力は鉄級《メタル》ハンター程度にはあったんだ。そこに度胸が身につけば、この程度の対処はわけないさ」

ラウラリスが女帝であった頃から、危険種としてグレイウルフは存在していた。

三百年の時を経てその生態がどのように変化したかは不明だったが、幸いなことに記憶の中にある強さと大差はない。

グレイウルフの強さは、ハンターで言えば鉄級《メタル》。

ラウラリスの強化訓練を耐えてきた隊員たちにとっては、油断しなければ初見であろうとさほど苦戦する相手ではないと判断していたし、まさにその通りだった。

とはいえ、全てがうまくいっているわけではない。

今の彼らは目の前の一体一体に対して集中している。逆に言えば、それ以外への注意が疎《おろそ》かになっていた。

森の奥からさらにもう一体のグレイウルフが現れたのを、ラウラリスは視界の端で捉《とら》える。

だが、警備隊の誰もがそのことに気がついていない。

奇《く》しくもそれは一目散にラウラリスのもとへ駆けてきた。

近くにいたグスコは反射的に迎《むか》え撃《う》とうと身構えたが、ラウラリスがそれを手で制す。

ゆったりとした動作で、ラウラリスは背負っている長剣の柄《つか》を握った。

極限まで洗練された動きというものは、見る者の時間感覚を狂わせる。

『柄《つか》を握る』という単純な動作であっても、まるで外界の時の流れから切り離されているかのように、それだけがゆっくりと鮮やかに動いていた。

「ふっ！」

どこまでも細く、鋭い気が発せられる。

一息で引き抜かれた長剣の刃《やいば》が飛びかかってくる狼を捉《とら》え、正面から縦一閃《たていっせん》に両断した。

ラウラリスの背後で、二つに分かたれたグレイウルフがどさりと倒れる。

そこでようやく、グスコや他のハンターたちはラウラリスが『斬った』という事実を認識することができた。

長剣のような大質量の武器は一応は剣の部類に入るが、その用途は重量で相手を叩き潰すことにある。

しかし、グレイウルフの断面は、まるで本に出てくる図解のように綺麗なものであった。少ししてから、ようやく斬られたという自覚を得たかのように、どろりと血が溢《あふ》れ出《だ》す。

「ほらほら、ぼさっとしない。まだ来るよ」

血糊《ちのり》すら残っていない長剣を両手で構えつつ、ラウラリスが言葉をぶつけた。

白昼夢《はくちゅうむ》を見ているようにラウラリスの剣技に魅入《みい》られていたグスコたちは、ハッと我に返る。

戦いの音や血の匂いを嗅ぎつけたのか、さらにグレイウルフが現れた。それも一体や二体ではない。

ラウラリスはグスコのもとに行き、言う。

「警備隊の奴らが相手にできない奴らを間引くよ。長丁場《ながちょうば》になる可能性も視野に入れて、ほどほどに気合い入れな」

「ほどほどって……注文が曖昧《あいまい》だな」

「できないとは言わせないよ」

ぴしゃりと言われて、グスコは軽く息を吐いてから身構えた。

万が一のことに備えて、体力の消耗《しょうもう》を最小限に抑えておく。ラウラリスの言葉にはそういう意味があった。そして、グスコたちハンターにそれが伝わっていることを確信していた。

ラウラリスが見守る中、グスコたちはグレイウルフとの戦闘を開始した。

それからもグレイウルフの数は増えたが、警備隊の面々も最初に相手にしていたものを仕留めると、増えた分の対処に奔走《ほんそう》した。

彼らは戦闘の開始時は獣を相手に手間取っていたが、最初の一体を仕留めてからは、ハンターほどではないが効率が上がっていた。

グレイウルフは確かに獰猛《どうもう》ではあるが、逆にそれが災《わざわ》いし、攻め一辺倒《いっぺんとう》になる傾向がある。

相手が防御の構えをとっていようが関係なしに果敢《かかん》に飛びかかってくるのだ。

しかも目の前の敵を、優先的に襲う。

それに、鋭い牙《きば》や爪《つめ》を持ってはいるが、金属製の鎧《よろい》を一撃で破壊するほどの威力はない。

そのため、急所である首筋や鎧《よろい》の関節部にさえ気を配っていれば、攻撃を防ぐのは難しくない。

初手を譲り、迎撃に意識を集中すればさほど無理なく倒すことができる。

だからラウラリスは警備隊を二人一組に分け、徹底して防御と攻撃を分担させたのだ。

最初は二人で防御を意識し、グレイウルフの攻撃を受け止めたら、もう片方が攻撃をする。それの繰り返しだ。

あとはグレイウルフが弱ったところで、無理のない程度に二人揃って攻撃して、仕留めればいい。

グスコたちハンターはといえば、危険種との戦いを数多く経験しているだけあり、立ち回りは落ち着いたものである。

警備隊が二人で行《おこな》っている攻撃と防御の入れ替えを、各自が一人で行《おこな》っていた。

また、警備隊たちとは違い、最低限の攻撃でグレイウルフの急所を狙い、致命傷を与えていく。

危険種の死体はハンターにとって最大の収入源。なるべく傷のない状態で討伐することに慣れているのだ。

ハンターは粗野なイメージが強い。実際、乱暴で荒々しい者はいるのだろうが、常に己《おのれ》の身を危険にさらしている分、仕事に関しては非常に冷静で常に損得勘定を念頭に置いて行動する。

獲物《えもの》を狩る際にも己《おのれ》の力量と相談し、どの程度までなら無理なく仕留められるかを測っているのだ。

さて、残るラウラリスはといえば、だ。

そんな彼らの仕事を見て満足げである。

「警備隊もハンターたちも、いい感じじゃないかい。こりゃ、私が来る意味もなかったかね」

ラウラリスとてサボっているわけではない。

己《おのれ》に襲いかかってくる狼に対しては一刀のもとに斬り捨てていくが、積極的には前に出ていかなかった。

長剣という武器がそもそも集団戦には不向きであるし、今回の主役はあくまでも警備隊だ。

彼らを成長させるためにもなるべく経験を積ませておきたいと、ラウラリスは考えていた。

ついでに言えば、この任務が終わればラウラリスはいよいよ町から出ていくことになる。

ならば最後に、警備隊の仕上がり具合を確かめておきたかった。

欲を言えば、教えるべきことはまだ数多くある。

だが、ラウラリスはこの町に骨を埋《うず》めるつもりはない。出ていく身としては、この辺《あた》りがちょうどいい。

あとは、警備隊が自《みずか》ら実力を培《つちか》っていくしかないのだから。

第十四話　剥《は》ぎ取るババァ

気づいた頃には、すでにグレイウルフの死体は三十にも上《のぼ》っていた。

これだけの数を討伐した後なので、警備隊は肩で息をしていた。ハンターたちも多少なりとも呼吸を乱している。

だが、小さな手傷に目を瞑《つむ》れば、全員が五体満足《ごたいまんぞく》で、被害らしい被害をほとんど出すことはなかった。

「初めて危険種と戦ったにしちゃぁ、悪くないね」

ラウラリスが倒したグレイウルフは、ハンター一人と同じくらい。

けれども、この場にいる誰よりも、体力を温存しているのは彼女だった。

「さ、さすがですね、ラウラリス殿」

「お世辞は後にして。まずはすることがあるだろ」

膝に手をつきながら己《おのれ》を褒《ほ》めてくるヒルズに対して、ラウラリスはぴしゃりと返した。

軽く睨《にら》みつけられてたじろいだ彼は、少しだけ呼吸を整えてから大声を出す。

「各自、周囲の確認！　半分は引き続き警戒をし、もう半分は休め！　しばらくしたら交代だ！」

ヒルズの飛ばした指示に、ラウラリスはウンウンと頷いた。

グレイウルフが襲ってこないのは、一時的かもしれない。体力が回復するまでは警戒を怠《おこた》らないのが上策だ。

「実際のところ、グレイウルフはどうなんだい？　まだ襲ってくる可能性は高いのかい？」

ラウラリスが尋ねると、グスコがそれに答えた。

「グレイウルフの群れ一つ分は、ここにある死体の数でちょうどってところだ。はっきりとした数はわからないが、これ以上に大きな群れは滅多《めった》にない」

グスコが言うには、ごく稀《まれ》に大規模な群れも発見されたことはあるだろうが、数百の中に一つか二つ程度の例とのことだ。警戒するのは当然だとしても、強く気を張り続ける必要はない。

今の状態はどちらかといえば、グレイウルフとは違った危険種が現れた時のための警戒だった。

「ま、そいつらの相手まで、初陣《ういじん》の警備隊にさせるのは酷《こく》だ。もしもの時は私らが気張《きば》るよ」

それを聞いたラウラリスは、余裕綽々《よゆうしゃくしゃく》といった表情で告げる。

けれど、グスコはどこか不安そうな面持《おもも》ちで口を開いた。

「もちろんそのつもりだ。……しかし、一つ気がかりなことがある」

「そいつは私も考えていた」

グスコとラウラリスは揃って森の奥へと視線を向けた。

今しがた倒したグレイウルフは、群れを形成する数としては妥当《だとう》なところ。

逆を言うと、目立って多いということもないのだ。

もしラウラリスたちより先にグレイウルフと遭遇した者がいたなら、もっと少なくてもおかしくなかったはず。

「先に入ってったハンターどもは、どうしたんだろうね」

「グレイウルフが群れを形成するのは、ハンターの間では常識だ。そいつを相手にできる程度の数は揃えてたんだろうが……」

ラウラリスの言葉に、グスコは俯《うつむ》いた。

グレイウルフの毛皮は衣服や装飾品の素材として、それなりの需要がある。

慣れてしまえば討伐にもさほど苦労することがない上、群れ一つ分の毛皮を売り払えばかなりの額となる。

てっきり、彼らもグレイウルフを狙っていたのだとばかり思っていた。

「……ま、考えても仕方がないね。もしかしたら別の獲物《えもの》を狙ってたって可能性もあるだろうし」

ラウラリスがため息を吐《つ》きながら言うと、グスコも頷いた。

「だな。それはそうとして、契約の通り、死体《グレイウルフ》はこっちが引き受けるぞ」

ハンターたちを雇《やと》う条件の一つとして、仕留めたグレイウルフはハンターたちに譲ることになっていた。もちろんだと、ラウラリスは首を縦に振る。

「これだけの数だ。運搬には警備隊の奴らも手伝わせるよ」

「そうしてくれると助かる」

早速《さっそく》、グスコたちはグレイウルフの解体作業を開始した。

大ぶりのナイフで手早くグレイウルフの毛皮を剥《は》ぎ取っていく。ついでに腹を捌《さば》いて内臓を引き抜き、状態のよさそうな肉は切り分ける。

顔色一つ変えない上に、鼻歌が交じりそうな具合に作業を続けるハンターたちを見て、警備隊の面々は顔を背《そむ》ける。

素人《しろうと》にとっては、かなりグロテスクな光景であった。

「さすがに慣れたもんだねぇ」

一番顔色を悪くしそうな可愛らしい少女は、興味津々《きょうみしんしん》にグスコの作業を観察していた。

血塗《ちまみ》れの解体ショーをしげしげと眺めている美少女の絵面《えづら》というのも、かなりショッキングである。

「これで飯を食ってるようなもんだからな。いくら腕《うで》っ節《ぶし》があっても、獲物《えもの》の処理ができなきゃいつまで経っても半人前だってな」

いくら希少価値の高い危険種を討《う》ったところで、その死骸《しがい》を無駄にしては意味がない。状態のよい部位を状態のいいまま取り出す技術もハンターに必須の能力だ、とグスコは言う。

危険種の解体は、ラウラリスにも経験があった。

だがそれは、野戦中に食料を得るためだ。

内臓を抜き、肉を切り分けることはできても、グスコのように綺麗に毛皮を剥《は》がすといった、素材を活《い》かすための作業というのは経験がなかった。

じっと解体作業を眺め続けるラウラリス。すると、グスコがゆっくりと振り返った。

「……やってみるか？」

「お、いいのかい？」

「そうもガン見されてちゃな。それに、何体かはお嬢さんが仕留めたんだ。十分に権利はある」

「そうかい。じゃ、お言葉に甘えて」

グスコからナイフを受け取ると、早速《さっそく》ラウラリスは毛皮の剥《は》ぎ取りに挑戦し始めた。

ほどなくして、解体作業が完了する。

状態のよい毛皮は全て剥《は》ぎ終わり、そうでないものは肉を切り分けた。

あとは地面に穴を掘り、残った内臓や骨を含むグレイウルフの死体を埋めるだけだ。

放置しておくと肉が腐り、それが原因で病気が広まることもあるので、この作業を忘れてはいけない。

狩った獲物《えもの》は最後の最後まで面倒を見る。

それがハンターの鉄則であった。

穴を掘る作業は、休憩し体力が回復した警備隊も参加したので、そう時間をかけずに行《おこな》うことができた。

最後の土を戻した時には、日が暮れ始めていた。

元々、危険種を討伐した後は日帰りではなく野宿の予定だ。その準備を始める時間帯としてはちょうどよいだろう。

「じゃ、早速《さっそく》腹ごしらえでも」

ラウラリスは、明るい声で言った。

嬉しいことに、肉なら山ほど手に入った。持って帰れる量には限りがあるので、この場で消費しても問題はない。

グレイウルフの肉は、食材として上物とは言い難《がた》かったが、持参した保存食よりは美味《うま》いことを、ラウラリスは前世の経験から知っている。

ラウラリスが夕飯に思いを馳《は》せていた、その時だ。

森の奥から新たな気配を感じ取った彼女は、とっさに長剣の柄《つか》を握り締めると鋭く叫んだ。

「誰だい！」

ラウラリスの声を聞き、警備隊やグスコたちの視線が一斉に彼女の見据《みす》える方角へと注《そそ》がれる。

その方向から、土を踏む音が聞こえてくる。

やがて姿を現したのは、ボロボロになった男であった。

男はラウラリスたちの姿を確認するなり、操《あやつ》り人形の糸が切れたかのように、力なく倒れた。

「――ッ、すぐに治療の用意をしな!!」

ラウラリスは指示を下しながら、急いで倒れた男のもとに駆け寄った。

うつ伏せの躰《からだ》を、なるべく揺らさないように仰向けにする。

グスコも駆けつけるが、男の状態を見るなりウッと顔をしかめた。

「かなり手酷《てひど》くやられたな」

「けど、この傷なら手持ちの薬と道具でギリギリどうにかなる」

男は身なりからしてハンターであろうが、装備の至るところが破損しており、出血を伴《ともな》う傷も多かった。

だが、ラウラリスの見立てでは、かろうじて致命傷ではない。まだ十分に助けられる。

ラウラリスと警備隊員たちが手際よく治療の準備をしていると、グスコが口を開いた。

「……こいつには見覚えがある。町のギルドによく顔を出してるハンターだ」

「階級は？」

「俺と同じ銅級《ブロンズ》だ」

ラウラリスの問いに答え、男を一瞥《いちべつ》してから、グスコは彼が歩いてきた森の奥を険《けわ》しい表情で睨《にら》みつける。

「この近辺に、銅級《こいつ》が苦戦するような危険種はいなかったはずだ」

「ついでに言えば、おそらく仲間がいたはずだよ」

ラウラリスも頷きながら、グスコの言葉を補足する。

グレイウルフと遭遇する前に見つけた足跡は、一種類ではなく複数あった。具体的な人数まではわからなかったが、三人以上だったのは確実だ。

だが、この場にいるのは男一人。しかもかなりの重傷を負っている。

「この傷、どう見る？」

ラウラリスが、グスコに問う。

彼は眉間にしわを寄せながら、それに答えた。

「……グレイウルフじゃないのは、間違いない」

男に傷は多いが、そのどれもがグスコの見立て通り、グレイウルフの爪《つめ》によるものではない。

似てはいるが、もっと鋭い『何か』に切り裂かれた痕《あと》だ。

「あまりいい予感はしないな」

「同感だよ」

グスコの意見を肯定したラウラリスは、治療の準備を終えた警備隊員たちに男を預けてから、ヒルズに向けて言った。

「ヒルズ。あんたら警備隊はここにいな」

「ラウラリス殿は⁉」

「私らはこいつが来た森の奥を見てくる。一時間経って戻ってこなかったら、急いで町長に報告しろ」

「そんな……でしたらせめて──」

「自分も」と続けようとしたヒルズに、ラウラリスは告げた。

「二度は言わせるな」

ラウラリスは、語気を荒らげたわけではない。

特別に鋭い視線を向けたわけでもない。

あくまでも簡潔で、淡々とした言葉を発しただけだ。

なのに、まるで金縛りにあったかのようにヒルズの口と躰《からだ》が硬直した。

頭よりも先に躰《からだ》が逆らうべきでないと理解した……そう表現するのが正しいか。

「……わかり、ました」

かろうじて首を縦に振るのが精一杯という様子で、ヒルズはそう言った。

「なに、本格的にやばかったら、私らも逃げるさ。そう心配しなくていいよ」

ラウラリスは笑みを浮かべ、安心させるようにヒルズの腕を叩いた。

するとと、ヒルズの硬直が解ける。ヒルズは躰《からだ》どころか呼吸まで止まっていたのか、息が荒くなっていた。

己《おのれ》の左胸に手を添え、動悸《どうき》を抑えようとするヒルズを横目に、ラウラリスはグスコたちのほうを向く。

「さ、行こうか。もしかしたら、まだ他にも無事なハンターがいるかもしれないからね」

「……ああ、了解した」

神妙《しんみょう》な顔つきで頷いたグスコたちに、ラウラリスは怪訝《けげん》な表情を浮かべる。

彼らは何やら緊張しているようで、先ほどのヒルズと同じような様子だ。

「お嬢さん……さっきの口調、なんなんだ……！」

「さっきのって、なんだい？」

ラウラリスは首を傾《かし》げはしたがそれ以上は気にせず、彼らを伴《ともな》って森の奥へと駆け出した。

◆◆◆

草木の生い茂る森の中を走るのは、意外と難しい。

人の手で整備された道とは違い、自然のままに生えた木の根や土の盛り上がり、大粒の石など、とても平坦とは言い難《がた》いからだ。

そんな中、グスコは他のハンターたちとともに、ラウラリスについてまっすぐに駆け抜けていく。

慣れているグスコたちでさえ、どうにかついていけるという速度で、ラウラリスは走る。

グスコも、引き離されまいと必死に駆けた。

グスコは、ふと考える。

グレイウルフとの戦闘と、ヒルズに向けたあの言葉の迫力。

そして、自分たちの前を走るその背中。

外見と行動がここまで噛み合わない人間というのを、彼は見たことがなかった。

熟練のハンターだと言われたほうがまだ納得できる。

ラウラリスはなりたがらないが、グスコは彼女がハンターに向いていると思っている。

中堅どころの銅級《ブロンズ》にまでなら誰でもなれる。

だが、銅級《ブロンズ》から先に進めるのはハンターの中でもごく一部。多くのハンターの羨望《せんぼう》を集める銀級《シルバー》は、いわば一流のハンター。さらに金級《ゴールド》や、それよりも上となれば、それこそ英雄的な存在だ。

グスコが各地を転々としながらハンター業を続けている時、何度か銀級《シルバー》と仕事をすることがあった。

その誰もが、銅級《ブロンズ》とは『何か』が違う。

具体的に言葉で表すのは難しいが、その『何か』こそが上を目指すために必要なものだと感じていた。

そしてそれを、ラウラリスも秘めているように思えるのだ。

「そろそろ近い」

ラウラリスの呟きで、グスコは我に返った。

よく見ると、徐々に生えている木々が荒らされている形跡が目立つようになってきた。

それは、奥へと進むほどに顕著《けんちょ》になっていく。

——ほどなくして、それは姿を現した。

とりあえずは『狼』という呼称が正しいのだろう。

だが、先ほどのグレイウルフよりもさらに巨大であり、躰《からだ》の至るところから刀剣のような鋭い物体が生えている。尻尾《しっぽ》に至っては複数の剣が束《たば》になっているかのようだ。

グスコが悲鳴に近い驚愕の声を発した。

「剣狼《ソードヴォルフ》だとっ、なんでこんな場所にいるんだ⁉」

名の通り、躰《からだ》から剣のような部位が生えている狼の危険種。生息域はここからもっと遠くの、人里離れた場所のはずなのだが。

「驚くのは後にしな。それよりも……」

ハンターたちを尻目に、ただ一人だけ冷静に周囲を観察していたラウラリス。剣狼《ソードヴォルフ》から生えている剣の切っ先は赤く染まっている。

その周囲には、倒れて動かなくなった人の姿がいくつもあった。どれも身なりからしてハンターだ。おそらく警備隊に預けた男の仲間だろう。

剣狼《ソードヴォルフ》の敵愾心《てきがいしん》を宿した目が、ラウラリスたちを捉《とら》えた。野生の殺気に当てられたグスコたちの背筋が震える。

討伐推奨階級は銀級《シルバー》。その中でも、危険度はかなり高い。銅級《ブロンズ》のハンターが挑むのならば、今の十倍以上の人手が必要だ。

それも、犠牲《ぎせい》が出ること前提での編成である。

「どうやら、グレイウルフの頭《かしら》は剣狼《あれ》みたいだね」

ラウラリスが、張りつめたように言う。

そもそもグレイウルフとて、人里付近に好んで縄張りを作るような危険種ではない。

獰猛《どうもう》ではあれど本来は警戒心が強く、自分から人間の住む領域に近づいてこようとはしないのだ。

とすれば、あの剣狼《ソードヴォルフ》に引っ張られて、ここを縄張りにしていた可能性が高い。

危険種が本来の生息域を離れ、別の場所で発見されるという例は少なくない。今回もそうした一件だろう。

グレイウルフを狙っていたところで、まさか銀級《シルバー》の危険種に遭遇するとは、ハンターたちも思わなかったのだろう。

その結果、十分な人手が足りず、多くの負傷者を出した……

ゴクリと、グスコは唾《つば》を呑み込んだ。

逃げることに全力を注《そそ》いでも、逃げきれるかどうか。

そう考えると、警備隊のもとまで辿《たど》り着けたあの男は運がいいほうだ。

だがそれは、寿命がほんの少し延びた程度の、運のよさかもしれない。

あのハンターが逃げた先——警備隊が残っている場も、おそらくは剣狼《ソードヴォルフ》の縄張りの内側。剣狼《ソードヴォルフ》に外敵として認識されているだろう。

挑んだところで勝てる相手ではない。

ならば、少しでも命が助かる可能性のある選択を——

「肩慣らしの相手にゃちょうどいいね」

グスコが一歩後ずさりするのと同時に、長剣を背負った少女は前へと一歩を踏み込んだ。

その可憐《かれん》な顔立ちに似合わぬ、不敵な笑みを浮かべて。

◆◆◆

ラウラリスはその口元に笑みを絶やさず、剣狼《ソードヴォルフ》に向かっていく。

「お、おいお嬢さんっ⁉」

「グスコ。余裕があったら倒れてるハンターたちを助けとくれ。まだ息のある奴が何人かいる」

「剣狼《あいつ》を相手にするつもりか⁉　いくらお嬢さんの腕が達者《たっしゃ》でも無理だ！　銀級《シルバー》の危険種だぞ‼」

グスコの叫び声に答えず、ラウラリスは一歩一歩と剣狼《ソードヴォルフ》のもとへと足を進めていく。

本来、彼女には倒れたハンターたちを助ける義務も義理もない。

だが、助かる可能性がある以上、それを黙して切り捨てることはできない。

倒れているハンターたちだけではない。グスコや、町の警備隊たちもまだ付近に残っている。

何よりも、ここは町からそう遠く離れていないのだ。

あの危険種を放置しておけば、やがては町に大きな被害が及ぶ可能性もある。

ならば、ラウラリスは見過ごせない。

彼女はゆっくりと剣を引き抜いた。

カチリと、頭の中で回路《スイッチ》が切り替わる。

そこにいるのは、気のいいババァを内面に宿した、可憐《かれん》な少女ではなかった。

「もしかしたら、お前がここにいるのは偶然なのかもしれない」

ラウラリスは、剣狼《ソードヴォルフ》に問いかける。

食料を求めてここまで来たのか、住処《すみか》を失ったのか。

危険種と意思の疎通ができない以上は、推《お》し量《はか》ることしかできない。

そして、どれほど考えたところで、己《おのれ》が為《な》すことに変わりはない。

「だが、無辜《むこ》の民に仇《あだ》を為《な》す存在である以上、黙って見過ごすわけにもいかん。この場で討《う》たせてもらう」

ラウラリスが両手で剣を構える。

唸《うな》り声をあげていた剣狼《ソードヴォルフ》の視線が、ラウラリスを見てピタリと止まった。

本能的に、彼女を一番の脅威《きょうい》と判断したのだろう。

通常の野生動物であれば、敵《かな》わない相手を前にすれば逃げるか諦《あきら》めるかする。

けれども、危険種にその常識は通用しない。敵がいるならば、息の根を止めるまで止まらないのだ。

それが危険種と呼ばれる所以《ゆえん》だろう。

剣狼《ソードヴォルフ》は咆哮《ほうこう》を発しながら、ラウラリスに向かって駆け出した。

ほとんど同時に、ラウラリスも剣狼《ソードヴォルフ》へと疾駆《しっく》する。

全身から生える剣をもって人間を切り刻もうと肉薄する剣狼《ソードヴォルフ》に、ラウラリスも長剣を振りかざした。

——ギャリンッ!!

剣狼《ソードヴォルフ》とラウラリス。双方の『剣』がぶつかり合い、鼓膜をつんざくような音が響く。

ラウラリスの踏み締める地面が、大きく抉《えぐ》れた。

質量の差は歴然。剣狼《ソードヴォルフ》のほうが圧倒的に大きい。

剣狼《ソードヴォルフ》自体は平均的な成人男性よりも巨大で、一方のラウラリスはその成人男性よりも一回りも小さいのだ。

だが、ラウラリスは一歩も引くことなく、剣狼《ソードヴォルフ》の刃《やいば》を受け止めていた。

「なかなかの重さだが、私程度を吹き飛ばせないのでは、まだまだだな」

伝わらないとわかっていながら、ラウラリスは挑発を口にしていた。

けれども、視線に込めた感情は理解できたのか、剣狼《ソードヴォルフ》の目に怒《いか》りが宿る。

そんなことなどお構いなしに、ラウラリスは鍔迫《つばぜ》り合《あ》いの末、剣狼《ソードヴォルフ》の剣を弾くと、それとの間に空いたスペースを利用し、剣を大きく振りかぶった。

「せいやぁぁあっっっ‼」

小柄な躰《からだ》から繰り出される、力任せの振り上げ《アッパースイング》。

長剣が剣狼《ソードヴォルフ》の顎《あご》に勢いよく叩きつけられた。

得物はともかく、それを振るうラウラリスは、剣狼《ソードヴォルフ》よりも遥かに小さい。

質量差は歴然であったはずなのに、剣狼《ソードヴォルフ》は勢いよく後方へと吹き飛ばされていった。

第十五話　元女帝の矜持《きょうじ》

「「「（あんぐり）」」」

その光景を目の当《まあ》たりにしたグスコたちは、まさに口を『あんぐり』と開けながら呆然としていた。

彼らはラウラリスが飛び出してすぐには動けなかった。だからこそ離れた位置で、ラウラリスのしでかした常識はずれの行為を余さずに目撃した。

「硬いな。さすがは『剣』と呼ばれるだけはある」

そうは言うものの、大してダメージを食らった様子のないラウラリス。

剣狼《ソードヴォルフ》の特徴は全身の至るところから生えている剣状の部位だが、剣狼《ソードヴォルフ》を銀級《シルバー》たらしめる最大の要因はその防御力だ。

毛皮は柔軟でありつつも非常に頑丈であり、並大抵の刃《やいば》では決して通らない。

そして骨に至っては、鉄に近い強度を有《ゆう》している。

躰《からだ》から生えている剣は、この骨が体外に突き出し、変形したものなのだ。

鎧《よろい》をまとい、剣を躰中《からだじゅう》から生やした巨大な狼が、その身体能力をまるで損《そこ》なわずに縦横無尽《じゅうおうむじん》に地を走る。

そう考えてもらえれば、剣狼《ソードヴォルフ》の恐ろしさが伝わるであろう。

もっとも、そんな剣狼《ソードヴォルフ》の初撃を真正面から受け止め、あろうことか吹き飛ばしたラウラリスのほうがよほどとんでもない。

実際に目の当《まあ》たりにしたはずなのに、グスコたちは白昼夢《はくちゅうむ》を見ていたのかと己《おのれ》の正気を疑うほどだ。

小柄な少女がしでかしたことが全く現実味を帯びず、グスコをはじめとしたハンターたちは、ぼんやりとラウラリスを見つめるのだった。

◆◆◆

「それにしても、こいつは本当に拾いものだ。あの店主には感謝しないとな——ん？」

一方のラウラリスは剣狼《ソードヴォルフ》の防御力に危機感を抱《いだ》いた様子はなかった。むしろ、長剣の強度に本気で感心していた。

そこでふと、グスコたちがまだ動き出していないことに気がつく。

「馬鹿者、何をしている！　早く倒れている奴らを助けんか!!」

一向に足を動かそうとしないグスコらに向けて、ラウラリスが怒声を叩きつけた。

まるで躰《からだ》の芯に響くような声に、グスコたちは慌《あわ》てたように倒れたハンターたちのもとへと駆け出す。

「世話が焼けるな、全く」

ため息を吐《つ》きながら剣狼《ソードヴォルフ》のほうを向くと、吹き飛ばされていたそれはすでに立ち上がっていた。狼の視線は、グスコたちへと向けられる。

「お前の相手はこの私だ！」

殺気を発しながら、ラウラリスが剣狼《ソードヴォルフ》へと走った。強烈な気に当てられた剣狼《ソードヴォルフ》は、否応《いやおう》なくラウラリスに意識が釘付けになる。

「おっと」

勢いのままに剣を振り下ろそうとしていたラウラリスは、間合いに入る前に制動をかけ、軽く飛び退《の》く。

彼女が寸前までいた空間を、剣の群体が薙《な》ぎ払った。剣狼《ソードヴォルフ》が身を翻《ひるがえ》し、尻尾《しっぽ》の剣を大きく振ったのだ。

溜めなし《ノーモーション》からの攻撃を、ラウラリスは難なくやり過ごす。

逆に狼は躰《からだ》ごと尻尾《しっぽ》を振るったために、隙ができた。

すかさずラウラリスは踏み込むと、長剣を剣狼《ソードヴォルフ》から生える刃《やいば》の一つに叩きつける。

――バキッ！

鉄製の剣と遜色《そんしょく》のない強度を誇《ほこ》る剣狼《ソードヴォルフ》の刃《やいば》が、その半ばから折れ飛ぶ。

それは見た目こそ剣ではあるが、れっきとした肉体の一部だ。

人間でいえば骨折に近いのだろう。剣狼《ソードヴォルフ》の口から悲鳴が迸《ほとばし》る。

逆上した剣狼《ソードヴォルフ》は、ラウラリスを切り刻もうと躰《からだ》を回転させた。

だが、それを事前に察知していたラウラリスは剣を盾にし、至近距離で猛威を振るう剣狼《ソードヴォルフ》の刃《やいば》を受け流しながら離れた。

剣狼《ソードヴォルフ》は全身の刃《やいば》を使って、ラウラリスを惨殺《ざんさつ》せんとばかりに、幾多の攻撃を仕掛ける。

その一つ一つが、人間の肉と骨をたやすく両断するだけの鋭さと力を秘めているのだ。

さながら斬撃《ざんげき》の嵐であろう。

巻き込まれれば、原形など留《とど》めずに肉片となる。

にもかかわらず、ラウラリスはその嵐の中に身を置きながらも、全てを迎《むか》え撃《う》っていた。

時に跳ね返し、時に受け流し。そして破壊していく。

嵐の中に、もう一つの嵐が存在しているかのようだ。

「ババァを舐《な》めてくれるなよ！」

続々と襲いかかってくる刃《やいば》に、ラウラリスは威勢よく立ち向かっていくのだった。

◆◆◆

「なんなんだ、あれは……」

嵐と嵐のぶつかり合い。それを離れた場所で見ていたグスコは呟く。

ラウラリスの指示通り、倒れていた負傷者たちはすでに一箇所に集め終えていた。

何人かはすでに事切れていたが、大半の者にはかろうじて息がある。

今後もハンターとしての人生を歩めるか微妙なほどの重傷者もいたが、それでも多くは命を拾っていた。

だがそれも、ラウラリスが檄《げき》を飛ばしグスコたちを動かさなければ、取り零《こぼ》していただろう。

グスコは常々、ラウラリスのことを『只者《ただもの》ではない』と考えていたが、それを真に理解しているとは言い難《がた》かった。

しかし、ここにきてようやく、彼はそれを目の当《ま》たりにした。

ラウラリスの剣筋は、はっきり言って『めちゃくちゃ』だ。

型《かた》も何も、あったものではない。無造作に無作為に剣を相手に叩きつけているように思える。

しかし、よく見ればそれが勘違いだと気づかされた。

だからこそ、意味がわからないのだ。

グスコは特別に目が肥《こ》えているわけではない。

ただ、過去に銀級《シルバー》ハンターの戦う様《さま》を目にし、彼らの強さの一端に触《ふ》れていた。

ラウラリスの剣には、そんな銀級《シルバー》の彼らに通ずるものがあるのだと、漠然とだが理解した。

たとえ我流剣士であろうとも、実力の高い者の太刀筋《たちすじ》には『理《ことわり》』が生じる。

その者が最も力を発揮しやすい太刀筋《たちすじ》へと洗練されていくため、その動きには一切無駄がないのだ。

ラウラリスの動きは、一見すれば我武者羅《がむしゃら》に剣を振るっているように見える。

だがその実、一つ一つの剣筋全てに『理《ことわり》』が含まれているように、グスコには思えた。

「なんであんなめちゃくちゃな動きで、それができるんだ」

——あえてグスコの疑問に答えるとするならば、それはラウラリスの躰《からだ》の使い方が特別であるからだった。

全身連帯駆動《ぜんしんれんたいくどう》。

肉体のあらゆる要素を連動させることによって、常人を超えた膂力《りょりょく》を発揮する身体運用法。

剣を一つ振るうたびに、全身の筋肉を用いている。

だからこそラウラリスは、小柄な体躯《たいく》ながらも剣狼《ソードヴォルフ》と互角以上に打ち合うことができているのだ。

その上、めちゃくちゃに見えるが、ラウラリスの太刀筋《たちすじ》にはほとんど無駄がない。

全身連帯駆動《ぜんしんれんたいくどう》は、躰《からだ》の全てを一つの動作を行《おこな》うために用いる。

これはつまり、躰《からだ》の全てを余すことなく利用しているということ。

余計な動きが一切ないということだ。

そして、動作の無駄が省《はぶ》かれたということは理に適《かな》った動きをしているということ。

すなわち、ラウラリスの動きには全て『理《ことわり》』が含まれているということになる。

それは、剣術を――否《いな》、武を嗜《たしな》む者たちにとっては最高の理想の形。

単純明快《たんじゅんめいかい》にして、究極の身体運用法。

長い年月をかけて己《おのれ》を鍛《きた》え抜《ぬ》き、たった一つの動作を幾千幾万《いくせんいくまん》と繰り返した果てに体得する、極限まで余剰《よじょう》を削りとった『理《ことわり》』の集合体。

流派によってはおそらく『奥義《おうぎ》』と称されるだろう技。

ラウラリスは身体操作の極意《ごくい》を全ての動作で行《おこな》っているのだ。

足の踏み込みから剣の一振りに至るまで、その全てが最適解。

人間という生物が最も力を発揮できる動きを、常に行《おこな》っている。

これこそが、前世においてラウラリスを帝国最強たらしめた要因。

――しかし、グスコはそんなことを知る由《よし》もない。

そのため、ただ呆然と小さな少女の姿を眺めることしかできなかったのだ。

◆◆◆

――ガギンッ！

何度目かになる破壊音が響き、剣狼《ソードヴォルフ》の躰《からだ》が吹き飛ばされる。

躰《からだ》から伸びていた名を表す剣の多くが、すでにラウラリスによって半ばから折られていた。剣狼《ソードヴォルフ》は満身創痍《まんしんそうい》といっても間違いではないだろう。

対してラウラリスは、大した傷を負った様子もない。剣を肩に担《かつ》ぎ、高揚気味に肩で息をする程度だ。とても長剣を振るっていたとは思えないほど。

「ちっ、まだまだ甘いな。この程度の動きでもう息を乱すとは」

もし、グスコがこの呟きを耳に捉《とら》えていれば、さらに混乱していたに違いない。

銅級《ブロンズ》のハンターの常識をぶち壊すようなことをしていながらも、当のラウラリスは自身の動きに大きな不満を抱《いだ》いていた。

全身連帯駆動《ぜんしんれんたいくどう》は局部ではなく躰《からだ》の全てを使うことにより、あらゆる消耗《しょうもう》を躰中《からだじゅう》に分散させる。

つまり、体力の消費も分散されるのだ。

ラウラリスが警備隊に課した走り込み。

その真の狙いは肉体を効率的に使い、体力の消耗《しょうもう》の抑え方を躰《からだ》に染み込ませることだった。

ものすごく乱暴な言い方をすれば、全身連帯駆動《ぜんしんれんたいくどう》はその究極的な発展形だ。

全身連帯駆動《ぜんしんれんたいくどう》は、躰《からだ》にとって最も効率のよい動きをする。

そのため、体力の消耗《しょうもう》も、最低限で済むのだ。

女帝時代であればこの程度の動き、丸一日は続けることができた。

しかし、それも全盛期の話だ。

今のラウラリスは少女の躰《からだ》になってからまだ日が浅い。故《ゆえ》に、この若返った躰《からだ》を彼女は掌握《しょうあく》しきっていなかった。

それに、頭の中にある己《おのれ》の動きに、若い躰《からだ》がついてこない。

髪の毛の一本から爪《つめ》の先までを完璧に支配してみせた女帝の頃に比べれば、この若々しい躰《からだ》を操《あやつ》る術《すべ》はあまりにも未熟。

肉体の掌握《しょうあく》と完璧な制御。

この二つが揃ってこそ、完璧な全身連帯駆動《ぜんしんれんたいくどう》が可能となる。

だが、現段階ではそのどちらもが未熟極まりない。

それが肉体の無駄な動作へと繋がり、余計な体力を消耗《しょうもう》させる原因となっていた。

それでも、剣狼《ソードヴォルフ》を相手にする分には問題ない。丸一日は無理だろうが、あと二、三時間ほどであれば今の動きを保つことができるだろう。

とはいえ、無駄に戦いを引き延ばすつもりは、ラウラリスにはなかった。

そろそろ、この狼の息の根を止めなければならない。

今世での躰《からだ》の限界を、おおよそは把握することができた。

これ以上、剣狼《ソードヴォルフ》と戦っても得るものはない。

何より、命の駆け引きに『遊び』を含ませることを、ラウラリスはよしとしなかった。

危険種も生物。この世に生きる権利があるのは承知の上だ。

人の理《ことわり》を一方的に押しつけようというのだ。これを罪と言わずしてなんと言うのだ。

ラウラリスが剣狼《ソードヴォルフ》と戦う前に述《の》べた言葉。

あれにはその罪を自覚する意味も含まれていたのだ。

剣狼《ソードヴォルフ》の憎悪《ぞうお》に満ちた瞳に、かつて前世で傲慢《ごうまん》にも我を通すことを心に誓った大罪人の姿を見る。

これまでで一番高らかな咆哮《ほうこう》を発すると、剣狼《ソードヴォルフ》はラウラリスに向かって走った。

躰中《からだじゅう》の剣や爪《つめ》が余さずに折られようとも、まだ刃《やいば》は残っている。

大きく顎《あご》を開き、その牙《きば》をもってラウラリスを噛み殺さんと猛《たけ》る。

「存分に恨《うら》むがいい。そしてその眼《め》に焼きつけろ――」

人に仇《あだ》を為《な》す危険種が相手であろうとも、ラウラリスの矜持《きょうじ》は変わらない。

命を奪うことの罪を決して忘れはしない。

そしてそれを背負って、この世界を生き抜く。

「――お前を殺す者の姿を」

その誓いを胸に、迫りくる牙《きば》を紙一重《かみひとえ》で見切り、すれ違いざまに剣狼《ソードヴォルフ》の首を断ち切った。

第十六話　転生ババァは二周目の人生を謳歌《おうか》する

剣狼《ソードヴォルフ》を討伐して、数日が経った。

剣狼《ソードヴォルフ》の死体はグスコたちが引き取ることになった。

ハンターではないラウラリスが納品したところで、二束三文《にそくさんもん》でギルドに買い叩かれるだけだからだ。

ただし、実際に討伐したのがラウラリスである事実は伝えられた。そのため、グスコたちへの実績加算は行《おこな》われず、買取の価格も多少の減額となった。

「律儀だねぇ。あんたらが討伐したことにしてもよかったのに」

ラウラリスがそう言うと、グスコは苦笑しながら答えた。

「あんなの見せられたら、誰だって同じことをするさ」

分不相応すぎる欲は身を滅《ほろ》ぼす。ラウラリスと剣狼《ソードヴォルフ》の戦いを見たグスコたちは、自然とそう考えたのだ。

それに、仮に虚偽《きょぎ》を報告したところで、ギルドの目は欺《あざむ》けないだろう。

剣狼《ソードヴォルフ》の死体に残った傷やトドメの一太刀《ひとたち》から、戦ったのがグスコではないと推測される。

そうなれば虚偽《きょぎ》の罪を問われるのはグスコであり、結局は洗いざらいを吐かされるこ
とになる。

だったら、最初から真実を語ったほうがいい。ギルドからの心証もよくなる。

グスコはそうラウラリスに告げた。

「……私としては、面倒事が増えたので困るんだけど」

グスコの口から剣狼《ソードヴォルフ》の討伐者が伝わると、ギルドの職員がラウラリスの泊まってい
る屯所《とんしょ》にまで押しかけてきたのだ。

「是非にでもハンターに登録してほしい」と。

今なら銅級《ブロンズ》として採用し、一つ二つの依頼をこなしてくれれば、すぐにでも銀級《シルバー》に昇
格させると言ってきた。

剣狼《ソードヴォルフ》を単独で討伐できるラウラリスは、それほどまでに魅力的な人材だった。

もちろんラウラリスは断った。

が、ハンターギルドはこの町だけではなく、国内の各所に支部がある。

もしかしたらラウラリスの情報が支部伝《づた》いに広まるかもしれない。そう考えると、少

しだけ憂鬱《ゆううつ》だった。

「いや、お嬢さんの場合、何をやっても目立つと思うぞ」

「目立つのはこの容姿だけで十分なんだけどねぇ」

グスコの言葉に、ラウラリスは困った顔で己《おのれ》の髪を指先でくるくると巻いた。

台詞《せりふ》だけを聞くと自意識過剰《かじょう》な人間なのに、ラウラリスが口にすると全く嫌味にならないのが不思議だった。

また、助けられたハンターたちは治療にある程度の時間が必要ではあるが、今後もハンターとして活動できるとのこと。

だがハンターが命がけの仕事であるのは間違いないが、人材を無駄に消耗《しょうもう》することをよしとはしない。たとえそれが目先の欲につられた自己責任であってもだ。

今後は何かしらのペナルティを科せられるようだが、そこまではラウラリスも興味はなかった。

結果的に、危険種の討伐に警備隊を派遣したイームルの判断は正しかったのだろう。

お陰で少なくない数の命を――ひいてはこの町の安全を守ることに繋がったのだから。

ただし、あくまでも結果的に、だ。

偶然、この町にラウラリスが来ていなければ。

あるいは、警備隊の強化に名乗り出ていなければ、真逆の結果を引き起こしていたに違いない。

その辺《あた》りのことをラウラリスはイームルに入念に釘を刺した。

ついでに、緊急時にハンターを雇《やと》うための資金を完全に別途で用意しておくことも確約させた。

元女帝が少し本気を出せば、あの程度の『若僧』に言うことを聞かせることなどわけなかった。

それから、ラウラリスは装備の整備や道具の補充等々の準備を行《おこな》っていき、ついにその日がやってきた。


雲一つない、晴天の日。

ラウラリスは今世で初めて訪れた町を旅立とうとしていた。

「世話になったね、グスコ」

「お嬢さん相手に本当に世話ができていたのかイマイチ自信はないが、そう言ってくれると嬉しいもんだな」

ラウラリスとグスコは握手を交《か》わした。

「警備隊の雇《やと》われは、これでお役御免《ごめん》だろう。今後はどうすんだい?」

ラウラリスが聞くと、グスコは微笑みながら言う。

「ある程度この町で過ごしたら、また根なしのハンター稼業に勤《いそ》しむさ」

「そうかい。ま、死なない程度に頑張りな」

「お嬢さんもな。と、お嬢さんに言うのは野暮ってもんかな」

それから、ラウラリスは見送りに来ている警備隊たちに目を向ける。

ここにいる者が全てではないが、警備隊のほとんどがラウラリスを見送るため、町の入り口に集まっていた。

「ラウラリス殿! 本当にありがとうございました! このご恩は一生忘れません!」

「あんたらも元気でな。仕事熱心なのはいいが、たまには肩の力を抜きなよ。そうでないと、肝心な時に踏ん張りが利《き》かないからね」

「一同、肝に銘《めい》じます!」

警備隊の代表として、ヒルズが真剣な顔で頷く。

初対面の時とは態度が正反対であることを思い出したラウラリスはくすりと笑ってしまう。

「あんたに言ってんだよ、ヒルズ。上に立つ者が肩肘《かたひじ》張りっぱなしだったら、部下もそれに倣《なら》っちまう。働く時は働く。休む時は全力で休む。それが労働者の権利であり義務だ」

「わかりました！　全力で働き、全力で休みます！」

「いや、なんか違くね？」と、生真面目《きまじめ》に反応するヒルズに対して、ラウラリスはツッコミを入れたくなる。

「ラウラリスちゃん。これ、持っていって」

そう言って何かが入った布袋を差し出してきたのは、ユミルだ。ラウラリスは、それを喜んで受け取る。

「お、わざわざ悪いねユミルさん」

グスコや警備隊の他にも、この場にはラウラリスを見送る者たちが多くいた。この町に滞在している間に交流があった住民たちだ。

その大半がいわゆる老人であるのは、ある意味ラウラリスの為人故《ひととなりゆえ》であろう。

「元気でね、ラウラリスちゃん」

「ユミルさんも長生きしなよ」

「あと二十年は生き抜くつもりよ」

ほっほっほ、と老婆と一緒にラウラリスも笑った。

外見の年齢差は半世紀近くあるはずなのに、揃って笑う姿に全く違和感がなかった。

ユミルの隣に立つイノフが、ラウラリスに頭を下げる。

「お前さんのお陰で、儂《わし》の心残りが解消されたよ。感謝してる」

「あんたも、ユミルさんと仲良くな」

「それに関しては言われるまでもない」

イノフは強面《こわもて》ながらも笑みを浮かべて、ユミルの肩を掴んで抱き寄せる。

ユミルは「あらあら」と頬を赤らめながらも、夫に躰《からだ》を預けて微笑んだ。

「はいはい、御馳走様《ごちそうさま》」

呆《あき》れたように笑うラウラリスに、グスコが声をかける。

「お嬢さん、最後に一つ質問していいか？」

「スリーサイズは秘密だよ」

「……興味がないといえば嘘になるが、違う」

グスコは咳払いをして誤魔化《ごまか》した。そして、改めて問う。

「実際のところ、お嬢さんは何者なんだ？」

この辺境の町に唐突に現れたかと思えば、手配犯を根刮《ねこそ》ぎ捕まえ、身の丈ほどの長剣を自在に操《あやつ》り、崩壊しかけていた警備隊を見事に立て直し、あまつさえ銀級《シルバー》の危険種をたった一人で打ち倒した。

これが気にならないわけがない。

だが、ラウラリスは。

「謎の美少女ってことじゃダメかい」

「自分で謎って言う辺《あた》りが潔いな」

ラウラリスは、自《みずか》らを深く語るつもりはない、と暗に述《の》べたのだ。

ハンターにも後ろ暗い過去を持つ者はおり、それらと交流があるグスコも、引き際は弁《わきま》えていた。

「……そういえば」

ふと、この場に集まった老人の男性が言った。

「『ラウラリス』ってぇ名前は、確か三百年くらい前に滅《ほろ》んだ国の王様じゃねぇかのぅ」

老人の言葉に、グスコも思い出す。

「それって、昔話に出てくる『悪の帝国と女帝』の話か？」

「そうじゃ。その女帝の名前が『ラウラリス』だった気がするんじゃが……」

「確か、世界を征服《せいふく》しようとした悪の女皇帝を勇者が打ち倒したって話だよな」

「ああ。そして帝国が滅亡した後、二度と同じような暴君が生まれぬよう、多くの国々がともに助け合い支え合うようになった。お陰で今の平和が保たれてるという教訓でもある」

グスコと老人の話を聞いて、ラウラリスは微笑んだ。

「そうか……私のしたことは無駄じゃなかったんだね」

「ん？　どうしたお嬢さん」

「いんや、なんでもないよ」

首を傾《かし》げるグスコに、ラウラリスは首を横に振ってから、今度はいたずらっ子のような笑みを浮かべた。

「なぁ。もし私がその女帝の生まれ変わりだって言ったら、あんたは信じるかい？」

不思議な問いかけに、グスコは狐《きつね》につままれたような顔になる。それが妙におかしくて、ラウラリスは声をあげて笑った。

実際にラウラリスの行《おこな》ったことが今の世界にどのような影響を与えたのかは、まだわからない。

だが、人々の間に己《おのれ》のしたことが伝わっている事実が嬉しかった。

「じゃ、私は行くよ。みんな、達者《たっしゃ》でな」

――そして、ラウラリスは町を後にした。

その足の行き先は未《いま》だ定まらない。
新たなる人生をどう歩くか、まだまだ考えることはある。
けれども、時間もある。
前世では諦《あきら》めていた余生を、今世で謳歌《おうか》しようではないか。
「とりあえず、この三百年の歴史を調べてみようかね」
ラウラリスはそう言って、ぶらりと旅を始めたのである。

エピローグ　舞台裏のさらに裏側のお話

――ここは、この世のどこからも遠く離れており、それでいてどこからも最も近い場所。

生者《せいじゃ》は決して辿《たど》り着けず、死しても至れる者はごく僅《わず》かの極地。

人間の認識では、知覚することのできない領域だ。

しかし、それだと物語が全く発展しないので、人間の認識に強引に当てはめておこう。

「ふふふ、元気にやっているようですね」

人間のイメージでいえば、都心部にそびえ立つ百階建ての高層ビル。その最上部の一室。

社長室とも取れる部屋で、執務机に座るのはビルの主《あるじ》のダンディズムなイケメンナイスミドル（イメージです）。

彼はデスクの上に置かれたパソコンモニターを楽しげに眺めていた。

「主様《あるじさま》、笑みがキモいです」

そんなナイスミドルの背後に控えている、スーツをきっちりと着こなした、クールビューティーなスタイル抜群のメガネ秘書（どこまでいってもイメージです）が、冷たく言い放った。

「それが主《あるじ》に対する第一声かな⁉」

ナイスミドルは大声で反論するが、メガネ秘書は無視して尋ねる。

「また覗《のぞ》き見ですか。趣味が悪いですね。通報しますか？」

「仮に犯罪者を処罰する部署があったら、その代表って僕なんですけどね‼」

秘書から冷たい視線と言葉を浴びせられた男が、悲鳴のような叫びを返した。

「……世も末です」

「その『世』の取りまとめ役も僕ですから‼」

お気づきの方もいるだろうが、この男は、あえて人間の言葉で称するならば、きっと『神』と呼ばれる類《たぐい》の存在だ。

そして秘書風のメガネ美女は『天使』といったところだろう。

もっとも、これは人間が認識できるようにイメージを作り上げているだけであり、彼らは神と天使であるかもしれないし、また全く別の存在かもしれない。

だが少なくとも、この二人は世界を『管理』する側の存在であるということは留意していただきたい。

「それで、主《あるじ》様のお気に入りはどのようなご様子で？」

「お、君も気になるのかい？」

「それはもう。『あらゆる存在の主《あるじ》』であるあなた様が、物凄《ものすご》く珍しくご執心ですからね。その補佐役としては気にもなります」

デスクに置かれたモニターに映し出されているのは、一人の少女——ラウラリスだ。

ちょうど今は、人々に見送られて最初に訪れた町を旅立つところだった。

——このナイスミドルこそ、ラウラリスを彼女の死んだ三百年後に『人』として転生させた、張本人である。

「そろそろ教えていただきたいのですが。どうして彼女にあえて『転生』という面倒な措置《そち》を施《ほどこ》したのかを」

「おや、不満かな？」

「不満というか、不可解だったのです。彼女に送った主《あるじ》様のメッセージにも偽りがありました。それがどうにも——」

「君も見てたのか」

「当然です。主《あるじ》様の業務を監視するのも、私の仕事の一つですので」

秘書が疑問を抱《いだ》いた、ラウラリスへ送られたメッセージ。

——あなたを神へと転生させたところで、なんの力も持たぬ神が誕生するだけ。

それは真実ではなかった。

神の力の源《みなもと》は、文《ふみ》に記された通り『人からの信仰心』だ。

世界を管理する『神』は数多くいる。

そしてその神々の力は『人々からの信仰心』によって決まる。

より強く信仰される神こそが、強い神なのだ。

さらに加えるならば、その神が『どういった神なのか』を決定づけるのは人の思い。

人が死して神へと至るのならば、その生前に築き上げた偉業こそが、その神の本質となる。

なぜなら、後世の人間がその者の偉業を語り継ぎ神格化し、畏敬《いけい》の念を捧《ささ》げるからである。

その点でいえば、ラウラリスはこの条件をすでにクリアしていた。

「ラウラリス・エルダヌスは世界に住まう数多《あまた》の人々から、憎悪《ぞうお》を一身に集めていた。でしたら『邪神』という形で神へと至る分には全く問題なかったはずです」

「……ええ、君の言う通りです」

世界は『善』だけでは形作られない。『秩序』だけでは成り立たない。

停滞する水が濁《にご》って腐り果てるように、時にはあえて乱さなければならない瞬間がある。

それこそが『邪神』と呼ばれる存在だ。

悪を司《つかさど》り、世に混沌《こんとん》を撒《ま》く邪《よこしま》なる神。

善と悪。秩序と混沌《こんとん》。

この二つの要素が均衡《きんこう》を保つことで、世界は安定するのである。

「僕も一時はそれを考えました。けど、彼女を単なる『邪神』に据《す》えるのは面白くないと思ったのですよ」

「なぜ？」

「彼女に集まる思いが『憎悪《ぞうお》』だけではなかったからです」

ラウラリス・エルダヌスは恐怖と暴力によって世界を侵略した。

それにより、多くの人々から怒《いか》りと憎しみを集めていた。

けれども、ラウラリスの真の目的は世界征服《せいふく》などではなかった。

己《おのれ》が『世界の敵』となることで世界の一致団結《いっちだんけつ》を促《うなが》し、長い平和をもたらすことこそがラウラリスの真意だった。

そもそも、彼女が帝国の頂点に立ったのは、長きにわたって版図《はんと》を広げ続けた自国が腐り、遠くない未来に滅亡すると予見したからだ。

そのために手に剣を取り、血みどろの道を選び、力尽くで皇帝の座をもぎ取ったのだ。

そして、皇帝となってからは世界の均衡《きんこう》が崩れることを危惧《きぐ》した。

そこで、帝国を『世界共通の敵』として仕立て上げることによって、以前よりも遥かに強固な団結を世界に促《うなが》した。

そして諸悪《しょあく》の根源たる彼女が討《う》たれることによって、かつてないほどに長い平和が保たれたのだ。

「確かに、彼女は憎悪《ぞうお》を集めていた。そうなるように彼女自身が仕向けたのです。見事にその目論見《もくろみ》は果たされた。はっきり言って、一個人にここまでの憎悪《ぞうお》が集まった例など過去にほとんどないですね」

ラウラリスは己《おのれ》の死後すら視野に入れて筋書きを立てていた。

自分が討《う》たれた後、残された者たちに咎《とが》が及ばぬように打てる限りの手を尽くした。

己《おのれ》が死に、帝国という名が滅《ほろ》びようとも、帝国に住まう人々が憎まれぬように。

また、新たなる『王』が統治しやすいように、数多《あまた》の仕込みを行《おこな》っていた。

それは見事に実を結んだ。

帝国は滅《ほろ》びた後、名を変え、新たなる国として以前よりも大きく発展した。

それが今日の平和に繋がっている。

男はぶるりと震える素振りをして続ける。

「恐ろしい話です。人間が残した偉業の中では、この世界の創生以来で一、二を争うでしょう」

「でしたら――」

秘書は怪訝《けげん》な顔で、主《あるじ》を見つめる。

おそらくではあるが、たとえラウラリスが転生せずに邪神に至ったとしても、それはそれで彼女は納得していただろう。

何せ、世界平和のために悪を演じきった英傑《えいけつ》なのだ。

それが『主《あるじ》』の命令とあらば、邪神としての役割を粛々《しゅくしゅく》と引き受けそうなものである。

だが――

「その一方で、彼女の真意に気づいた者もいるのですよ。世界のために死後の尊厳すら捧《ささ》げたラウラリス・エルダヌスを犠牲《ぎせい》にしたことをね」

神が賞賛するほどのことを成し遂げたラウラリスだったが、そんな彼女にも思わぬ誤算があった。ラウラリスの死後、彼女の本当の目的を知った者たちがいたのだ。

「ラウラリス亡き後、帝国だった国を治めた偉大なる王――勇者です」

ラウラリスの『仕込み』の中には『勇者』さえも含まれていた。

そもそも、陰ながら勇者を育てていたのは、他ならぬ女帝当人《ラウラリス》であったのだ。

彼女から与えられた『試練』を乗り越えることによって、勇者は清濁《せいだく》を併《あわ》せ持ちながらも『善』を為《な》せる者になったのだ。

もちろん、その事実を勇者は知らなかった。

勇者にとって皇帝《ラウラリス》とは、どこまでいっても討《う》ち滅《ほろ》ぼす敵であった。

「ではラウラリス・エルダヌスは、己《おのれ》を殺す者を自《みずか》らの手で育て上げたというのですか？」

「ええ。そして王となった後、勇者は真実に辿《たど》り着いた」

事実を知った勇者は一度は憤慨《ふんがい》した。

己《おのれ》のやっていたことは全てお膳立《ぜんだ》てされていたと。

自《みずか》らの意思で行《おこな》っていたはずのことが、実は皇帝によって用意された道筋だったと。

これではまるで、皇帝の手のひらで踊っていた道化《どうけ》ではないか、と。

だが、彼はやがて涙した。

己《おのれ》の怒《いか》りなど、世界に身を捧《ささ》げた女性の献身に比べれば、どれほどちっぽけなものなのだと。

ラウラリスという犠牲《ぎせい》があったからこそ、今の平和があるのだと悟《さと》ったからだ。

そして勇者は知った。この手に握った剣で貫《つらぬ》いたあの老いた帝王こそが、己《おのれ》の偉大なる師であると。

「そして彼は『偉大なる師』の意思を継ぎ、命ある限り世界平和に貢献したのです」

「勇者はラウラリスの真意を公表しなかったのですか?」

秘書の問いに、主《あるじ》はニヤリと笑って答える。

「それは、彼女の意に反すると彼も理解していたのです。だから彼女が世界のために犠《ぎ》牲《せい》となった事実は、世間には伏せていいました」

「妙に含ませますね」

「ラウラリスの献身を自身の胸にだけ秘めておくのは、王も忍《しの》びなかったのでしょう」

王は勇者だった頃の仲間と信頼できるごく一部の者たちにだけには、ラウラリスの献身を告白した。

仲間たちも時を経て、女帝の真意には気づき始めていたので、彼の言葉を信じた。

「そして、これ以降『女帝の献身』は彼らの子孫のごく限られた者たちにだけ、語り継がれるようになったのです。世界のために身を捧《ささ》げた一人の女性の犠牲《ぎせい》を、自分たちだけは決して忘れぬように」

話を終えた彼は一息吐《つ》いた。

「――で、結局、ラウラリス・エルダヌスを邪神にしなかった本当の理由は？」

間髪容《かんはつい》れずに、秘書が口を開く。

「もうちょっと余韻に浸《ひた》らせてくれてもいいんじゃないかな⁉」

どこまでいってもクールな秘書にツッコミを入れ、彼は気を取り直すように咳払いをした。

「ラウラリスへ募《つの》った憎しみは、邪神に至るに足るもの。一方で、彼女へ集まる尊敬の念もまた、無視できないほどでした」

「ごく一部とはいえ、王とそれに連なる者たちの信仰心ですからね。無理もないかと」

非常に酷《こく》な話だが、信仰心というものには、その個人によって差異がある。

単純に『思いの強さ』もあるが、その人間がその時代でどれほどの『力』を持つかにも左右される。

王という存在は、その時代の人間の中では最も強い力を持つ部類に入る。

彼らの抱《いだ》く信仰は、数が少ないからといって簡単に無視できるものではない。

「逆を言えば、無視できなくもない程度なんですけどね。とはいえ、この状態で簡単にラウラリスを邪神にしてしまうのは面白くなかったんですよ」

そこで彼は考えたのだ。

――もし彼女が悪の女帝としての道を歩まなかったら、どうなるのだろうか、と。

「それが、ラウラリス・エルダヌスを人間に転生させた理由ですか」

単に邪神に転生させるのでは面白くない。かといって善神に転生させるほどの信仰心はない。

だったら、第二の人生を送らせて、新たな信仰心を集めさせればいい。

善人だったラウラリスが悪の女帝となったのは、その生い立ちと時代が理由だ。

ならば、その二つがない世であればどうなるのか。

結果は、モニターに表示された通りだ。

「今話した分が五割。残りの半分は純粋なご褒美《ほうび》です」

彼女の為《な》したことは、神の身であろうとも困難を極《きわ》めるだろう。それこそ短き人の寿命で為《な》すには破格の偉業だ。

そんなラウラリスを、彼は純粋に評価していたのだ。

ラウラリスに第二の人生を与えることによって、神としての新たなる信仰を集めるとともに、生前の行《おこな》いに報《むく》いようと考えたのが、今回の経緯だった。

「もちろん、信仰心云々《うんぬん》の話は神側《こちら》の勝手な思惑《おもわく》です。彼女は彼女なりに思うがままに、二度目の生を楽しんでもらうつもりです」

「で、その様子を主様《あるじ》が面白おかしく鑑賞すると。やはり趣味が悪いですね。通報しますか」

「このやりとり最初にしましたよね⁉」

――これは、生きた人間が辿《たど》り着けぬ領域で繰り広げられた一幕である。

番外編

とある受付嬢の職務記録

ハンターギルドの受付。

ギルドの職務の中で、最もハンターと接する機会を持つ仕事の一つだ。

もしかしたら世間では、単に依頼の受注作業を行《おこな》うだけの仕事だと思われているかもしれない。

だが、それは大きな勘違いだ。

受付とは一日にしてならず。

誰もがなれる職ではないのである。


ハンターというのは、気性が荒い者も少なくはない。

多少の登録料を払い、実技の試験さえ突破できれば、身分を問わずに誰でもなることができるからだ。

逆を言えば、性格に難があろうとも、この二つさえ突破できれば、ハンターとしてギルドに名を登録できてしまう。

しかも、ハンターはとにかく腕が物を言う仕事だ。総じて戦闘力が高い。

そんな彼らを相手に、分《わ》け隔《へだ》てなく真摯《しんし》に対応する受付というのは、実は高いコミュニケーション能力が求められる。

ハンターの実力を見抜き、それに適した仕事を斡旋《あっせん》するのが、受付の大きな仕事だ。

そのハンターでは力が及ばない、あるいは向いていない依頼の受注作業を持ち込まれた場合は、ハンターの機嫌を損《そこ》ねないように配慮しながら、その旨を説明する。

下手をすれば、ハンターが激昂《げっこう》し、以降の仕事を受けなくなるかもしれない。

最悪の場合は、受付に危害を加える可能性もある。

もっとも、後者の場合は一発でハンターとしての資格を剥奪されるため、実際に手を出す者は少ない。

しかし、勢い余って受付に危害を加えてしまう者もいるために、受付担当の職員たちは、常に身を危険にさらす覚悟も求められていた。

これだけでも受付という仕事の難しさがわかるだろう。

ハンターと円満な関係を築くことも、受付が職務を遂行する上で非常に大切なことなのだ。

まさにギルドの看板職である。

――そんなとある受付嬢のもとに、それは、なんの前触《まえぶ》れもなく姿を現した。

◆◆◆

ある日のこと。

「ふむ、今日も忙しいですね」

彼女は、ギルドの受付を担当するようになって三年目の職員。

飛び抜けた美貌を持っているわけではないが、可愛らしい笑みが評判で、このギルドの受付嬢の中では高い人気を誇《ほこ》っていた。

それなりに経験を積んでいることと人当たりのよさもあり、能力も評価されている。

そんな彼女は、ある程度たまった書類を別の部署に提出するために、席を一旦離れていた。

無事に書類の引き渡しが終わり席に向かう途中で、ギルドのロビーが少し騒がしいことに気がつく。

何事かと思っていると、見知ったハンターが受付の窓口に顔を出していた。

「あ、グスコさん。お疲れ様です」

「お疲れ。今大丈夫か？」

「はい、もちろんです」

銅級《ブロンズ》ハンターであるグスコ。

彼は、このギルドに通うハンターの中では上位の実力者だ。

銅級《ブロンズ》は、六つに分けられるハンターの階級の中では下半分の最上位。

なぜ『下半分』という表現の仕方をするのかといえば、銅級《ブロンズ》までの下半分と銀級《シルバー》からの上半分の間には、大きな差があるからだ。

極端な話、銅級《ブロンズ》までは努力すれば誰でも到達できる。一方、銀級《シルバー》から上は、才能があるごく一部の人間にしかなれない狭き門なのだ。

故《ゆえ》に、こんな分け方が自然とハンターやギルドの中でされるようになっていた。

とはいえ、銅級《ブロンズ》はハンターの中では中堅どころ。最も安定して依頼をこなしてくれる階級でもある。

誰でもなれるとは言ったが、それは相応の努力をした者に限られた。

銅級《ブロンズ》に至る前にハンターの道を諦《あきら》めた者は多くいる。

分不相応な依頼を受けた結果、取り返しのつかない怪我《けが》をして、引退を余儀なくされた将来有望な若者もいた。

正しい経験と知識を蓄積した者だけが、銅級《ブロンズ》ハンターになれるのだ。

グスコもそうした一人だ。

「本日はどのようなご用件でしょうか？」

受付嬢がグスコに尋ねると、彼は微苦笑を浮かべる。

「ああ、用があるのは俺じゃないんだ。俺は付き添いみたいなもんさ」

グスコが指を差した先にいるのは、男の躰《からだ》を担《かつ》いだ少女だ。

「…………」

受付嬢は幾度か目を瞬《しばたた》かせた。

男が少女を担《かつ》いでいるのではなく、少女が男を担《かつ》いでいる。

——ちょっと意味がわからない。

現実逃避しかけたところで、少女が抱えている男に見覚えがあることに気がついた。

このギルドに手配書が出回っている、ひったくりの常習犯だ。

逃げ足がかなり速く、なかなか捕まえられないことから手配犯として登録された。けれど、被害総額がまだ低いので、適正捕縛階級は最底辺の石級《ストーン》だった。

本来ならこの程度の罪状で手配書を回すことはあまりないのだが……現在のこの町の状況を考えればやむを得ない措置《そち》であった。

この町の治安を維持するのは、警備隊の役割だ。

これまでは彼らが十分すぎるほどに機能していたのだが、数年前、当時の隊長を含めた経験豊富な古参隊員たちは定年を理由に引退。今の隊を構成するのは、まだ経験の浅い若者ばかりとなった。

警備隊の指揮を任されているのも、二十代の半ばに到達したくらいの若輩者《じゃくはいもの》だ。

この代替わりによって、警備隊の能力は著《いちじる》しく低下。罪を犯した者の取り締まりにも悪影響が出ることとなり、町の治安が悪化する結果となっている。

やむを得ず、ギルドで犯罪者たちを指名手配することによって、ハンターを用いて犯罪者を取り締まることとなった。そのお陰で、この町はどうにか治安を維持している状況なのである。

それはさておき、今はグスコの話だ。

彼は受付嬢に告げる。

「こいつは手配中の盗人《ぬすっと》で、このお嬢さんが捕縛者だ。報奨金《ほうしょうきん》を渡してやってくれ」

「しょ、承知いたしました」

受付嬢は慌《あわ》てて部屋の奥へと引っ込み、ガタイのいい男性職員を連れてきた。すると、少女はその男性職員に担《かつ》いでいた手配犯を引き渡す。

その様子を受付嬢はじっと眺めていた。

少女のまとっている服装こそどこぞの町娘とさほど大差ないが、彼女の顔つきがとてもなく整っているのは、この距離からでもわかった。

ただ、特別に身長が高かったりガタイがよかったりする風でもない。顔つきからしてまだ十代の半ばであろうが、相応の体格だ。

対して、職員にギルドの奥へと運ばれていく手配犯の男は、通常の成人男性の体格。あの少女よりも一回りほどは大きい。

果たしてどのような偶然から、このお嬢さんがひったくりの常習犯を捕まえるに至ったのか。

受付の彼女には見当もつかなかった。

というか、なんで盗人《ぬすっと》を担《かつ》ぐことができたのかもわからない。

あの手配犯は、見た目よりもかなり痩《や》せていたのだろうか。

それにしては、手配犯を受け取った時に、男性職員の躰《からだ》がぐらついたように見えたが。

混乱する受付嬢の気持ちが理解できたのか、グスコは苦笑する。

「言いたいことはわからなくもないが、彼女を見た目通りで判断するのは、よしたほうがいいぞ」

「……どういうことでしょうか？」

「言葉通りの意味だ。それと、彼女はハンターギルドが存在しない田舎で生活していたらしい。ハンターに関しての説明も一通りしてやってくれ」

「承《うけたまわ》りました」

いまいち理解しきれないところもあったが、グスコの言葉に受付嬢は頷いた。

それからグスコは受付窓口から離れ、少女と一言二言話すと、ギルドを出ていった。

「んで、早速《さっそく》だが色々と教えておくれよ。ぶっちゃけ、田舎もんすぎて『ハンター』なんて職業を聞いたことすらなくてねぇ」

グスコと入れ替わる形で、少女が受付嬢の前に立つ。

「はい、グスコさんからその辺《あた》りは聞いています。そういった方への説明も、この受付の仕事ですから」

いつも通りの営業スマイルを浮かべながら受付嬢は言った。

ただ、内心では――

（ちょっ、何これ⁉　改めて近くで見ると、とんでもなく美人さんなんですけど！　っ

ていうか身長に比べてスタイルよすぎ！　何を食べたらこんな風になるのかしら、ちょっと⁉︎）

間近に迫る極上の美貌と、女としての豊かさを有《ゆう》した体躯《たいく》に、受付嬢が戦慄《せんりつ》する。

お陰で、営業スマイルが一瞬だけ崩壊し、少女の豊かな胸元に目が釘付けになった。

果たして何をどうすれば、あそこまでバランスを損《そこ》ねることなく成長するのだろうか。

受付嬢は内側で荒れ狂う衝撃を職務への使命感で強引に呑み下し、説明を始めた。

ハンターという職業の大まかな内容、階級に応じた特権と発生する義務等々。

その間、少女は話を聞きながら顎《あご》に手を当てて考え込む。

説明をしながらも、受付嬢はあまり気乗りはしなかった。

この説明を求めている以上、彼女もハンター志望だと考えられる。

女性のハンターもいるにはいるが、男性に比べれば圧倒的少数。

しかも、成人男性に見劣《みおと》りしない頑強な体格を有《ゆう》していたり、類稀《たぐいまれ》なる才能を持っていたりする者しかいない。

しかし、とてもではないが、目の前の可憐《かれん》な美少女がそのどちらかを持っているようには見えない。

……いやまぁ、女として最上級に理想的な体躯《たいく》と美貌は持っているが、ならばそれこそどこぞのお屋敷で和《なご》やかな笑みを浮かべながら、お茶会をしているほうがよほど似合っている。

とはいえ、受付嬢からはっきりと「あなたはハンターに向いていません」などとは、口が裂《さ》けても言えない。相手の機嫌を損ねずに話を進めることこそ、受付嬢の腕の見せどころなのだ。

「そうだ、手配犯を捕まえた時の報奨金《ほうしょうきん》ってのは、ランクによって上下するのかい？」

さて、どうやって諦《あきら》めさせようかと思案したところで、少女が思いついたように口を開いた。

「報奨金《ほうしょうきん》そのものには影響いたしません。あなたのように、ごく稀《まれ》にですが一般の方も手配犯を捕まえることもありますので」

それにしても、少女の喋《しゃべ》り口調はあまりにも見た目にそぐわない。

近所に住んでいるおばあさんと話しているような気になるな、と受付嬢は内心に思いつつ、手配犯の中には腕の立つ危険な者もいるという旨を伝えた。

そして、少女に問いかける。

「で、どうなさいますか？」

「ん、やめとく」

「……そうなさったほうがいいでしょう」

表面上は至極《しごく》残念そうに、それでいて心の中では話がすんなりとまとまったことにホッと胸を撫で下ろした。

ここで食い下がられたら、それこそ少しどうすべきか考えなければならなかっただろう。

「わざわざ説明してもらったのに悪いねぇ」

「いえいえ。それに、あなたが言い出さなかったら、私のほうからハンターになるのはやめたほうがいいと説得するつもりでしたから」

少女が申し訳なさそうに言うので、ちょっと意地悪だったかな、と受付嬢は罪悪感を抱《いだ》きつつも言う。

「適性のない方を水際で止めるのも仕事のうちです」

——後の彼女は、自分が口にしたこの台詞《せりふ》を凄《すさ》まじく後悔することになる。

しかし、この時の彼女はそんなことを知る由《よし》もないので、少女の次の言葉を待っていた。

「そうかいそうかい。あ、ちなみにさっき話に出てた『手配書』ってのはどこにあるんだい？」

「え？　それでしたら、あちらの掲示板に人相書きの手配書が貼りつけてありますが……」

質問に対して、受付嬢は指差しとともに反射的に答えていた。

それを聞いた少女は、満足げに頷く。

「わかった。ありがとよ」

「え？　え？」

わけがわからないといった様子の受付嬢をよそに、少女は手配書が貼り出された掲示板のほうに向かってしまった。

「…………一体なんだったのでしょうか？」

後に残された受付嬢は首を傾《かし》げる。

だが、それを考える間もなく、別のハンターがやってきた。

「あ、お疲れ様です」

思うところはあれど、あの美少女ばかりに時間を割《さ》いてはいられない。

彼女はさっと気持ちを切り替え、通常の業務に戻った。

そしてこの日、謎の美少女――ラウラリスのことを思い出すことはなかった。

だが、受付嬢はこれからしばらくの間、嫌でも彼女と顔をつき合わせることになる。

手配犯だったひったくりがギルドに引き渡されてから、二日後。
受付嬢は、今日も笑顔で仕事に取り組んでいた。
この笑顔はどんな屈強《くっきょう》なハンターを相手にしようとも、決して崩れることはない。
業務を円滑に進めるためのスキルであり、受付という職における最大の武器であった。
そんな彼女は、ふとあの美少女のことを思い出した。
（あの後、あの子はどうしたのかしら……）
一度考え始めたら最後、頭の中が彼女のことでいっぱいになっていく。
特別な感情を抱《いだ》いているといった話ではない。
ただ単純に、あれほどまでに美しい存在というものを見たことがなかった。
それだけに、強烈な印象が受付嬢の中に刻み込まれただけのこと。
（なのに口調がおばあちゃんって。ギャップが凄《すさ》まじすぎるでしょう）
印象に残った理由は顔だけではなかった模様。
ギルドの受付をしていると、本当に色々な人間と接する。
一箇所を拠点にするハンターもいれば、根なし草で他所《よそ》から流れてくる者もいる。
あの美少女もそんな日々の一幕であった。
――ザワザワ。

業務と業務の合間にそんなことを考えていたのだが、ふと気がつくと、ギルドの入り口付近が騒がしい。

誰かが声を張り上げているわけではないが、妙などよめきが伝わってきた。

そこには小さな人垣ができており、受付の窓口からではよく見えない。

ただ、この間も似たようなことがあったな、と首を傾《かし》げていると、やがてその人垣が二つに割れた。

姿を現したのは、つい今しがた頭の中に浮かべていたあの美少女だ。

ギルドになんの用だろう……と疑問を抱《いだ》く前に、受付嬢は美少女が右手に引きずっているモノに目を留めた。

男が一人、襟首を掴まれて引きずられていたのだ。

「…………へ？」

気の抜けた声が、受付嬢の口から漏れた。

彼女だけではない。ギルドの中にいた誰もが、美少女と彼女が引きずっている男を見て、目が点になっていた。

それはそうだ。

第一印象は『茶器《カップ》以上に重たいものは持ったことありません』と言いそうなほどに、

可憐《かれん》な美少女。

そんな彼女が、自分よりも遥かに体格のいい男を涼しい顔で引きずっているのだ。

誰だってドン引きするし、混乱する。

美少女は周囲の様子などまるで気にせず、ズンズンとギルドの中へと歩を進めていく。

その行き先は……

（え、嘘。私のところに来るの？　冗談でしょ⁉）

受付嬢は心の中で悲鳴をあげるが、美少女の視線はまっすぐにこちらを向いているのだ。

このギルドの受付窓口は他にもあり、それぞれに職員がついている。

助けを求めるように同僚に目を向けるが、視線が合いそうになると、誰もがさっと顔を逸《そ》らす。

（薄情者！）

と内心で非難するが、逆の立場であれば自分も同じく目を逸《そ》らしていただろうと確信していた。

そうこうしているうちに、とうとう美少女（＋引きずられた男）が受付嬢の前まで来てしまった。

「よう、先日ぶり」

「ど、どうも。お疲れ様です」

自分の倍以上はある体格の強面《こわもて》のハンター相手にさえ、小揺《こゆ》るぎもしなかった受付嬢の笑みが、ヒクリと引きつる。

それでもどうにか笑みを保てたのは、受付としての矜持《きょうじ》があるからだろう。

受付嬢はなんとか口を開く。

「ほ、本日はどのようなご用件でしょうか？」

「ああ、手配犯をとっ捕まえてきたから、その引き渡しだよ」

ほれ、と美少女は男の顔がよく見えるように、その襟首を持ち上げた。

登場の衝撃《インパクト》が強すぎて最初は気がつかなかったが、よくよく見れば美少女が引きずってきた男はギルドに手配書が回っている犯罪者であった。

罪状は、暴力と恐喝《きょうかつ》行為の常習犯。

道端ですれ違った者に故意にぶつかり、そこから発展した諍《いさか》いで、相手に過剰《かじょう》な暴力を振るう。最後には、怪我《けが》をして動けなくなった相手から所持金を奪うというもの。

しかも一件ではなく複数の被害が届けられている。

悪辣《あくらつ》ではあるが、この手の輩《やから》はどこにでも存在する小悪党。

本来ならハンターが出張《でば》るまでもなく警備隊が取り締まるべきなのだが、今の軟弱な警備隊に期待できるはずもない。

仕方がなく手配書を回していたのだが。

今肝心なのは、その暴行犯をハンターでも警備隊でもなく、謎の美少女が捕まえてきたということだ。

力なく引きずられていることから、手配犯に意識がないのは最初からわかっていた。

さらには、その顔の至るところに青痣《あおあざ》ができており、鼻も折れているのか妙な方向に曲がっていた上、血も出ていた。

「その……どのように捕まえたんですか？」

思わず疑問を口にする受付嬢に対して、美少女はキョトンとした顔をする。

「ん？　そんなの『これ』に決まってんじゃぁないか」

問われた少女は、ニパッと笑いながら、襟首を掴んでいるのとは反対の手をグッと握ってみせた。

どうやら『拳《これ》』で捕まえたと言いたいらしい。

（……って素直に納得できるか⁉）

目の前の現実を信じたくないと理性が叫んでいたが、可愛らしく線の細い手に、見た目にそぐわぬ赤いものがこびりついている。

それがなんなのかは聞くまでもない。

というか、麗《うるわ》しい美少女が女性でも見惚《みと》れてしまう笑みを浮かべているのに、その拳《こぶし》に犯罪者の血がこびりついているとか、もはや事件に発展しそうなくらいに意味不明な光景だ。

ただ、よくよく思い出してみれば、先日に初めて彼女がこのギルドを訪れた時、肩に捕まえたばかりの手配犯を担《かつ》いでいた。

あれが見間違いでもなく、また男の体重が極端に軽かったわけでもなければ、それはつまりこの少女が、見た目に反してかなりの膂力《りょりょく》を秘めていることになる。

(この躰《からだ》のどこにそんな力が……)

ともあれ、少女が手配犯を捕まえてきたという事実には変わりない。

「で……では、係の者をお呼びしますので、そちらに手配犯を引き渡してください。その後に報奨金《ほうしょうきん》をお支払いしますので」

混乱をきたしている思考の中でも、どうにか業務への使命感が口を動かす。受付嬢は大急ぎで他の職員を呼んだ。

建物の奥からやってきた大柄な男性職員は、やはり美少女と手配犯を見て顔を引きつらせる。

その気持ちは痛いほどわかる。

手配犯の引き渡しが完了すると、規則にのっとり、少女に手配犯捕縛の報奨金《ほうしょうきん》を手渡す。

今しがた彼女が捕まえてきた、暴行犯の適正捕縛階級は石級《ストーン》。

難易度としては最低ランクで、報奨金《ほうしょうきん》も相応だ。

それでも、貨幣がつめられた袋を受け取った少女は嬉しそうであった。

「あの……よろしいでしょうか？」

「よろしいけど、どうしたんだい」

袋を懐《ふところ》にしまった少女に、受付嬢は色々と耐えきれずに問いかけた。

「その……あなたは一昨日《おととい》にこちらにいらした方で……間違いありませんよね？」

「――？　あの時に受付をしてくれたのはあんたじゃないか」

やっぱりそうか。

いや、少し的外《はず》れな質問をした。聞きたいのはそこではない。

「えっと……その時はハンターになるつもりはないとおっしゃられていましたよね」

「そうだね。今もそのつもりだよ」

「でしたら、どうして手配犯を……捕まえてきたのですか？」

「そりゃ、生活するには金が必要だからね。いやぁ、悪党を捕まえて金を得るなんて、まさに私の天職だよ」

「どういうこと?」と素でツッコミを入れそうになる受付嬢。

「あ、そうだ。しばらくはこのギルドに世話になるだろうから、自己紹介しとくよ。私の名前はラウラリス。そうさな、強《し》いて言えば『フリーの賞金稼ぎ』ってところだろうさ。実際にそんな職業が、世間様に通るかはわからんがね」

「ラウラリスさん……ですか。……え、しばらく?」

思わず聞き返したが、美少女——ラウラリスは「じゃぁね」と言い残して、颯爽《さっそう》と受付嬢の前から去っていった。

残された受付嬢はラウラリスの後ろ姿を見送りながら。

「……しばらくってどういうことですか?」

ぽつりとそう呟いていた。

◆◆◆

それからというもの、ラウラリスは数日に一人、多い時は二日連続で手配犯を捕まえては、ギルドに引き渡すようになった。

これ自体は非常によいことであった。

手配書は犯罪者の検挙率を上げるというよりも、犯罪を抑止するための見せしめの役割が大きい。

極悪犯相手にはハンターが動くのだということを、知らしめるための手段だ。

実際に一定の効果は上がっているのだが、あくまでもそれはハンターの意向に左右されるものだ。

犯罪者には考える頭がある以上、ある意味ハンターたちがよく相手にする危険種よりも面倒であったりもする。

その面倒を嫌《きら》って、手配犯たちを積極的に捕まえようとするハンターは少ない。

偶然に顔を見かけたら捕まえておこう、という程度なので、なかなか手配犯を捕縛しきれない。そのため、根本的な解決には至らなかった。

だが、ラウラリスは違う。

彼女は誰よりも積極的に手配犯たちを捕縛していく。

実際に捕縛の現場を目撃した者の話によれば、その手際は見事であり、本職《ハンター》の人間と言われても疑いようがないほど鮮《あざ》やかだったらしい。

お陰で、普段はあまり活用されていないギルドの牢屋《ろうや》が、満杯に近い状態である。

幸か不幸か、この町で手配されていた者たちのほとんどは石級《ストーン》から鉄級《メタル》。犯罪者としては程度が低い。

大方が窃盗罪《せっとうざい》や暴行罪であり、一定期間の禁固か被害額を支払うための強制労働を経れば釈放される。

中には殺人を犯した者もいる。それらは別の町にある、もっと厳重な牢屋《ろうや》に収容される予定だ。

その者たちは前述の者よりも厳しい刑に処されるが、それはギルドの関するところではない。

ラウラリスの活躍は、町にとっては文句のつけようがない状況だ。

けれども、何も問題がないわけでもなかった。

いや、これを『問題』と言ってよいかは、いささか迷うところであろう。

受付嬢は、その『問題』により今日も今日とてため息を吐《つ》く羽目になる。

◆◆◆

「それで、ラウラリスという少女の返答は？」

「それが……『ハンターになるつもりはない』とまるで取りつく島がなくて」

上司に呼び出された受付嬢は、肩を縮こめながらおずおずと答えた。

予想できただろうに、受付嬢の言葉を聞いた上司は深くため息を吐《つ》く。

「待遇については話したのか？」

「それはもちろんです。登録する際の費用と試験の免除。それに鉄級《メタル》への昇格が短期間で済む旨をお伝えしたのですが……あまり興味がないようでした」

「そうか……」

上司の再びのため息に、受付嬢の肩がびくりと震えた。

ラウラリスの存在は、この町で活動するハンターたちの間で噂になっていた。

もちろん、ギルドとしても彼女に注目している。

その可憐《かれん》な見た目に反した高い戦闘力と手配犯を捕縛する手際のよさを聞く限り、是非にでもハンターとして登録してほしい人材だ。

しかし、ラウラリスからの返事は、受付嬢の言った通り芳《かんば》しくない。

ハンターを志望する若者たちからすれば是が非でも欲しい条件を提示したところで、まるで反応がないのだ。

「どうしてこんな将来有望な人材を、目の前で逃したんだ。初対面の時にもっと積極的に勧誘していれば、こんな面倒にはならなかっただろうに」

「いえ……その……申し訳ありません」

上司の言葉はもっともであり、受付嬢には返す言葉がなかった。

もちろん（なかなかの無茶ぶりだろ！）と心の中で叫び返すことも忘れない。

一番最初に、自分よりもずっと体格のいい成人男性を担《かつ》いでいるのを見た時点で、もう少し積極的に声をかけていれば、とは思う。

だが、あの光景をそのますんなりと受け入れるには、受付嬢もまだまだ人生経験が足りなかった。

いや、おそらく今目の前にいる上司でさえもそうだろう、と受付嬢は思う。

口に出せばさらに上司の機嫌を損《そこ》ねることになるため、言わないが。

そんなこんなで、受付嬢は貴重な人材を逃したということで、いささかギルドの内部で肩身が狭くなっていた。

ただ、上司とは違って、受付嬢に同情的な者は比較的多かった。

実際にラウラリスの姿を見て、第一印象でハンターに向いているか否《いな》かを判断できるはずがないと、皆理解していたからだ。

特に、ラウラリスが初めてギルドに来た時の一部始終を目撃した職員は、その傾向が顕著《けんちょ》であった。

「……しかしまぁ、本人にその気がない以上は無理強《むりじ》いできないか」

受付嬢の恐縮具合に言いすぎたと思ったのか、上司はもう一度ため息を吐《つ》く。

他の職員たちの声も彼には伝わっているはずだ。

冷静に考えて、自分が少しばかり無茶なことを言っているのだと理解できたのであろう。

奇《く》しくも彼はまだラウラリスを見たことがなかったが、見た者の大半が「あれを第一印象で判断するのは絶対に無理」と揃って口にするのだ。

遺憾《いかん》ではあるようだが、多くの部下の意見を受け入れることができなければ、ギルドの職員たちの上に立つ資格もないと、彼なりに感じたのかもしれない。

上司は顔を引き締めると、受付嬢に告げた。

「こうなってしまった以上、無理に勧誘するのも印象を悪くするだけだな。とはいえ、ギルドに登録してほしいとそれとなく当人に伝えるのは継続してくれ。もしかしたら、心変わりをする可能性もあるからな」

「了解しました」

これ以上のお叱《しか》りを受けずに済み、受付嬢はほっと胸を撫で下ろす。

上司との話が終わると、彼女は受付の席に戻った。すると、隣の席の同僚が話しかけてくる。

「大丈夫ですか？」

「ええ、まぁ」

「ラウラリスさんのことでしょう？　こってり搾《しぼ》られたんでしょうね……お疲れ様です」

そう言う同僚に、受付嬢は力なく笑って頷いた。

「でも、上司もなんとなく諦《あきら》めモードに入ってるっぽかったわ」

受付嬢が告げると、同僚は頷いた。

「自分から見ても、ラウラリスさんはハンターになる気ゼロだってわかりますからね。ギルドに来るのは本当に、手配犯の引き渡しのためだけって感じですし」

「その手配犯も、彼女のお陰で一気にいなくなっちゃったけどね」

ラウラリスの活躍により、この町で手配書が回っていた犯罪者のほとんどが牢屋《ろうや》に入っている。

もしラウラリスが手配犯を全て捕まえてしまえば、いよいよ彼女がこのギルドに足を運ぶことはなくなるだろう。拠点を他の町のギルドに移すかもしれない。

何せ、稼ぎがなくなるのだから。

「でもそうなると、また元《もと》の木阿弥《もくあみ》になりそう……」

手配犯を根刮《ねこそ》ぎ捕まえていくラウラリスの噂は、ハンターやギルド内に留《とど》まらず、町にも広まり始めている。

特に、常日頃から後ろ暗い行《おこな》いをしている者たちにとって、彼女は恐怖の対象になりつつあった。

お陰で、ここ最近の町は目立った事件も起こらず平穏である。

だが、ラウラリスが町からいなくなれば、おそらくこの平穏も終わるだろう。

再び掲示板に手配犯の人相書きが多く並ぶのが目に見えている。

同僚も同じように考えたのか、眉根を寄せている。

「今の警備隊にもうちょっと頑張ってもらいたいものです」

受付嬢もそれに大きく頷いた。

「同感だわ。でも私たちが言ったところでどうしようもないわよ」

そこで会話を打ち切ると、同僚は業務に戻っていく。

受付嬢も自分の仕事に取りかかったのだった。

それから少しして、その日もラウラリスが手配犯を連れてギルドを訪れた。

何度対応しても、可憐《かれん》な美少女が手配犯を肩に担《かつ》いで現れる光景には慣れない。

というか慣れたくはなかった。

慣れたら自分の中にある大切なものが壊れそうで怖かった。

ラウラリスがやってきた時は精神を安定させるため、なるべく余計なことを考えないように業務を進めるのがコツだ。

それはともかく、滞《とどこお》りなく引き渡しと報奨金《ほうしょうきん》の支払いが完了したところで、受付嬢はラウラリスの様子が普段と違うことに気がついた。

背中に、何か妙に長いものを所持していたのだ。

「あの……ラウラリスさん。その背中にあるのは？」

「お、これかい？　いやぁ、ようやく金が貯まってねぇ。武器を新調しようとしたら、この町の武具屋で掘り出しものを見つけたんだよ」

と、ラウラリスは自慢げに背負っている長剣を示した。

部類としては、両手で持つことを前提にした長剣。

だが、その長さは受付嬢が知る長剣《それ》よりも明らかに長かった。刀身だけでもラウラリスの身長と同じくらいの長さがある。柄《つか》を含めれば、完全にラウラリスの背丈を超えていた。

ラウラリスは、まるで新しいオモチャを見せびらかしたい子供のような表情を浮かべているのだが、はっきり言って美少女が背負うにはデカすぎる。

そして驚くのは、長剣を背負う彼女の姿が異様なほどに様になっているのだ。

単体でも十分すぎるほどに完成していた絵が、一手間を加えただけでさらに素晴らしい作品になったかのようだ。

彼女が本当に長剣《それ》を使いこなせるのかは、聞くまでもないだろう。

世の中には自分の常識では計り知れない存在がいるのだと、受付嬢はそう自分に言い聞かせ、それ以上深く考えることをやめた。

◆◆◆

それから数日をかけて幾人かの手配犯を引き渡したところで、ラウラリスはぱったりとギルドに姿を現さなくなった。

だが、ラウラリスを町で見かけたという話を聞くので、まだ町からは出ていっていないようだ。

結局、彼女をハンターに勧誘することはできなかった。

そのため上司から小言をもらうものの、彼自身も半ば諦《あきら》めていたようで、強くは責められなかった。

そのことに安心しつつも、ラウラリスを引き込めなかった自分の未熟さを、受付嬢は悔しく思った。

もっと受付嬢としての眼力《めぢから》を鍛《きた》えなければ、と彼女は心に決めた。

それから、ラウラリスが警備隊の屯所《とんしょ》に出入りするようになったとか、警備隊に急に頼り甲斐《がい》が出てきたとか、そんな話がちらほらと彼女の耳に届くようになった。

実態はともかく、そんな話を聞いていると、ラウラリスが急に遠い存在になってしまったような感覚に襲われる。

思い返せば僅《わず》か一ヶ月半ほどであっただろうが、彼女の非常識さにあたふたとしていた日々を昔のように感じるほどだ。

足繁《あししげ》くギルドに通っていたハンターが、ある日忽然《こつぜん》と姿を消すことがある。その事情は様々だ。

年齢を、あるいは怪我《けが》や力不足を理由にハンター業に見切りをつけたか。あるいは依頼の途中で命を落としたか。それともまた別の理由なのか。

なんにせよ、受付嬢がラウラリスに対して抱《いだ》いている寂寥感《せきりょうかん》は、ハンターが姿を消した時の感覚に近いだろう。

ラウラリスはハンターではなかったにしろ、その存在感は長年勤めたハンターに匹敵するほどであった。

特別に仲が良かったわけでもなく、会話は手配犯の引き渡しの際に少しするだけ。

それでも一抹の寂しさはあった。

いつの日か、ラウラリスの存在を懐かしむようなこともあるかもしれないな。

――などと、笑みを浮かべながら思っていた受付嬢だったが。

ラウラリスはこの町を去る前に、盛大な爆弾を落としていくことになる。

◆◆◆

町の付近にある森に危険種が住み着いたということで、警備隊による討伐部隊が組まれた。

警備隊のフォローとして、治安維持を担《にな》っていたグスコ他数名のハンターも動員されることになっていた。

そして、話によれば、あのラウラリスも参加するというではないか。

この町で彼女が行《おこな》ってきたのは主《おも》に手配犯《にんげん》の捕縛。

野生動物である危険種を相手にするのとはわけが違う。

ただ、受付嬢は「まぁ、ラウラリスさんなら大丈夫でしょう」と楽観的だった。

何せあのラウラリスである。

どこら辺が『あの』なのかは受付嬢にもよくわからなかったが、少なくとも彼女がそこらの危険種に遅れをとるなんて考えられなかった。

ところがである。

彼女の予想の斜め上をいくことが起きる。

それは、危険種討伐から帰ってきたグスコからもたらされた。

「そ、剣狼《ソードヴォルフ》を一人で倒した？」

呆然とする受付嬢に、グスコは首を縦に振る。

「ああ、お嬢さんがやりやがった」

「…………嘘でしょ？　だって、剣狼《ソードヴォルフ》の討伐推奨階級は銀級《シルバー》ですよ？」

「嘘だったら今頃、俺はこの場にいないだろうし、一緒にいた奴らも警備隊も、敢《あ》えなく全滅だったろうよ」

町付近の森で確認された危険種は、グレイウルフ。討伐するのに求められる実力は鉄級《メタル》だ。

銅級《ブロンズ》であるグスコたちが同行するとなれば、さほど心配することもなかった。

何より、鉄級《メタル》の手配犯だろうが赤子の手を捻《ひね》るように捕まえるラウラリスがいるのならば、万全の態勢と言っても差《さ》し支《つか》えなかっただろう。

だが、剣狼《ソードヴォルフ》が出たとなれば、話はまるで変わる。

通常の狼よりも一回り以上大きな体躯《たいく》を持ち、強靭《きょうじん》な体毛と骨格を有《ゆう》する。

そして躰《からだ》の各所からは、剣《つるぎ》状に変化した鉄並みの強度を誇《ほこ》る骨がいくつも突き出ている。

討伐には銀級《シルバー》ハンターの実力が必要になるほどの強敵。

とてもではないが、グスコたちが束《たば》になっても太刀打《たちう》ちできるような相手ではなかった。

さらに加えるならば、討伐推奨階級は銀級《シルバー》とは言ったが、それも何人かのチームを組んだ上でのことだ。

単独で討《う》つとなれば、それこそ銀級《シルバー》でも最上位に位置する実力が必要になってくる。

つまりグスコの言う通り、本当にラウラリスが剣狼《ソードヴォルフ》を一人で倒したとするなら、彼女は現時点ですでに銀級《シルバー》最上位の実力を秘めているということになる。

その後、警備隊の面々によって剣狼《ソードヴォルフ》の死体がギルドに持ち込まれた。

この付近では滅多《めった》に——どころか、初めて出没した銀級《シルバー》危険種。

町中での騒ぎを防ぐためにかけられていた覆《おお》いを外すと、その巨体と凶悪さ——何よりもその壮絶な死に様《ざま》に、ギルドの内部は騒然となった。

全身から生えている剣状の骨は、そのほとんどが半ばで折れており、断ち切られた首の断面は恐ろしいほど滑《なめ》らかだ。

胴体から分かたれた剣狼《ソードヴォルフ》の頭には、まだ生きていると錯覚してしまうような威圧感があった。

「…………（ぽかん）」

受付嬢も、剣狼《ソードヴォルフ》の死体を目の当《ま》たりにすると、もはや言葉もなかった。

ただただ、唖然《あぜん》とするしかない。

「…………本当に、ラウラリスさんが一人でこれを？」

「気持ちは痛いほどわかる。一部始終を見ていた俺だって、少しばかり自分の記憶を疑いたくなるくらいだからな」

グスコは困ったように頭をガシガシと掻《か》いた。それほどまでに現実離れした光景だったのだろう。

しかし、彼と同道していた他のハンターも同じように証言しているので、ラウラリスが剣狼《ソードヴォルフ》を倒したという話を疑う余地はなかった。

「んで、剣狼の死体《こいつ》の扱いはどうなるんだい？」

「…………………………」

「おい、聞いてるのか？」

「――っ⁉　は、はい！　申し訳ありません」

ぼうっとしていた受付嬢は、グスコに呼びかけられてハッと我に返った。

「ぎ、ギルドの規則ですと、討伐者が別であり、かつ適正よりも上の討伐推奨階級なので、グスコさんたちへの実績加算はなしとなります。それに伴《ともな》い、買取価格も本来よりも幾分か差し引かせていただきます」

「ま、妥当《だとう》だろうな」

予想通りであったからか、グスコに不満はなかった。

ハンターとしての上昇志向はあれど、分不相応な報酬を受け取らない程度の自制心はあると、彼は言った。

それに、ラウラリスの戦いぶりを見せつけられて、そのおこぼれを頂くような真似《まね》は到底できない、と。

これには一緒にいた他のハンターも同意見であった。

「……これでラウラリスさんがハンターになってくれれば、一気に銅級《ブロンズ》として迎え入れても誰も文句をつけないんですけどねぇ」

受付嬢が思わず零《こぼ》すと、グスコも苦笑を浮かべて言う。

「当の本人が全く乗り気じゃなかったからな。剣狼《こいつ》の始末も面倒事みたいに、俺たちに押しつけやがったし」

「面倒事って……」

剣狼《ソードヴォルフ》の剣は、たとえ折れていようがその買取価格はかなりのものになる。

ほとんどは警備隊の面々によって回収されており、本体と頭部を合わせると、相当な額になる。

それを『面倒』の一言で片付けられてしまっても困る。

「それと、無茶しやがった奴ら《ハンター》の処遇はどうするんだ？」

「ああ、それもありましたね」

ラウラリスの件とは別のまた悩ましい話に、受付嬢は額《ひたい》に手を当ててため息を吐《つ》いた。

警備隊を中心に編成された討伐部隊とは別に、出現した危険種を狩ろうとしたハンターたち。

　多くは鉄級《メタル》のハンターたちであり、新人の石級《ストーン》ハンターも含まれていた。

　グレイウルフを討伐する分には過不足ない戦力だったが、剣狼《ソードヴォルフ》が出てくれば全滅必至の構成だ。

「小遣い稼ぎに依頼の出てない危険種の討伐を行《おこな》うハンターは前々からいたが、それが最悪の形で表面化したってところか」

「依頼を受注していれば、まだ言い訳のしようもあったんですが……残念ながら庇《かば》いようがありません」

　もし受付嬢の言うように彼らが依頼を受注していれば、剣狼《ソードヴォルフ》の出現はギルドの調査不足ということになり、ハンターたちへの救済措置《そち》がとられただろう。

　だが、今回は全てハンターたちが勝手に判断し、返《かえ》り討《う》ちにあったという展開だ。

　普通に考えれば自業自得《じごうじとく》である。

「若気の至り、にしちゃぁかなり高めの授業料になるな」

　哀《あわ》れむような目をするグスコに、受付嬢は力なく頷く。

　この勝手に行動をした者たちは、一定期間のハンター活動の停止や罰金などのペナルティが科されることになるはずだ。それに、助かったハンターたちの多くは怪我人《けがにん》であり、そのうちの何人かは治療が長引くであろう重傷を負っている。

おそらくハンターとしての活動が再開できたとしても、階級を上げるためには大きな遠回りになるであろう。

「彼らにはいささか酷《こく》な話にはなりますが、この件は悪い一例として、新人ハンターへの教訓に使わせていただきますよ」

「おお、怖い怖い」

受付嬢とグスコが話している今の時点で、ハンターたちの処遇は正式に決まっていない。だが、ある程度は予想できたのか、グスコは肩を竦《すく》めた。

「ちなみに、ラウラリスさんは、今どちらに？」

受付嬢はそう尋ねながら、キョロキョロと辺《あた》りを見回す。

ギルドのロビーには、ハンターやギルド職員を含めて、かなりの人間がいる。

それでも、ラウラリスはあの美貌と何よりも背中の長剣のお陰で非常に目立つ。けれども、彼女の姿はどこにもなかった。

「『疲れたから、警備隊の屯所《とんしょ》に帰って寝る』ってさ」

グスコの答えに、受付嬢は唖然《あぜん》としてしまう。

「そんな『一狩り行ってきました』みたいな軽いノリで言われても……」

「一字一句《いちじいっく》そのままの事実だから、仕方がないだろ」

ギルドが大騒ぎになるような事件であっても、ラウラリスにとっては一手間程度ということか。

相変わらず規格外の少女だとしか言いようがない。

「直接出向いて勧誘するなら明日以降にしとけ。望みは限りなく薄いだろうけどな」

「う……」

グスコに図星を突かれた受付嬢は怯《ひる》んだ。

――彼の言う通り、ギルドの面々が翌日以降、総出で屯所《とんしょ》に寝泊まりしているラウラリスのもとに直接出向いたとして。

ハンター登録時点での銅級《ブロンズ》任命と短期間での銀級《シルバー》昇格をチラつかせても、ラウラリスは首を縦に振らないだろう。

それどころか、非常に面倒くさそうな顔で断られてしまうのである。

安易にそんな結果が予想できてしまった受付嬢は、がっくしと肩を落とした。

剣狼《ソードヴォルフ》の買取金にまるで興味を示さない彼女が、いまさらハンターになるとは思えない。

「ふぅ……それにしても、ラウラリスさんって何者なんでしょうね？」

受付嬢が聞くと、グスコは薄く笑う。

「そりゃ、あれだ。この町であのお嬢さんと知り合った全員共通の気持ちだ」

「ですよねぇ」

この辺境の町にフラッと現れて、強烈な存在感を見せつけた謎の美少女。

見た目からは想像し難《がた》いおばあちゃん口調の気さくな性格で、それでいて銀級《シルバー》ハンターにも匹敵する圧倒的戦闘力。

要素を羅列《られつ》するだけでも、本当に意味がわからない。

「……もしかしたらラウラリスさんは、ハンターなどという枠には到底収まりきらない人なのかもしれませんね」

「だな」

注目を浴びる剣狼《ソードヴォルフ》の死体を眺めながら、二人はしみじみと呟いたのだった。

——以上が、とある受付嬢の職務記録である。

書き下ろし番外編

とある老婆の一日

――――一人の少女が町を去ってから、少しの時が流れた。

「では、行ってくる」

「行ってらっしゃい。気をつけてね」

日がようやく昇り始めた頃、長年をともにした夫を見送るユミル。

警備隊を辞めてからしばらくはなかった光景だったが、ここ最近で再び繰り返されるようになったこのやりとり。なんだか昔に戻ったような気分だ。

と、どうしてか夫――イノフは玄関でこちらをじっと見たまま動かないでいた。

「どうかしたのあなた。何か忘れ物？」

「あ、いや……」

他所様《よそ》には無愛想で強面《こわもて》に見える顔を、気まずげに逸《そ》らした。だがこれまでの人生の大半をともにした妻は見抜いていた。

あれは、照れているのだ。

「……どうにも昔を思い出してな。俺がまだ現役だった頃は、毎日こうして見送られたと」

「あらまぁ不思議ねぇ。私もちょうど、同じことを思い出していたわ」

「むぅ」

頬に手を当ててコロコロと優しく笑うユミルに、イノフは唸《うな》る。だがよくよく見ると顔が若干赤くなっているのがわかる。

「懐かしいわねぇ。なんだか新婚だった頃に戻ったみたい」

「……今度こそ行ってくる」

「お仕事、頑張ってね」

照れに耐えきれず逃げるように玄関から出ていく夫を、ユミルは手を振って見送った。

それはイノフの後ろ姿が見えなくなるまで続いた。

イノフは今、その警備隊の相談役をしている。前線からは一歩引いた立場にいながら、隊員たちの悩みを聞いたり鍛練の手助けをしたりしている。時には鍛練に交ざって躰《からだ》を動かしていたりするようだ。

数年前までは警備隊長を務めていたイノフ。その険《けわ》しい眼差しと鍛《きた》え抜《ぬ》かれた躰《からだ》で警備隊を率《ひき》い、町に蔓延《はびこ》る悪漢たちを震え上がらせていた。町長や住民たちからの信頼も厚く、長年にわたってこの町を守ってきた。

だが、どんな職業どんな立場であろうとも、必ず世代交代の時期はやってくる。夫が先代から警備隊長の座を受け継いだように、彼も後進に座を引き継ぐ時がやってきた。

夫がそれに関して思い悩んでいたことを、ユミルは知っていた。新しい警備隊長に選んだ隊員は、責任感こそ強かったが年も若く経験も不足している。その彼に対して負い目とやりきれなさを抱いていたことを。

ユミルはここ数年見てきたイノフの後ろ姿が、記憶にあるそれよりも気落ちしているように感じていた。それが、相談役として再び警備隊に関わるようになってから、かつてのような頼り甲斐《がい》のある力強さを取り戻している。それがたまらなく嬉しかった。

子供たちと一緒に住んでいた頃であれば一日かかっていた家事も、今は午前中で終わってしまう。あの目まぐるしいような忙しさを、当時は少しばかり大変に思っていたが、今では懐かしくなってしまうのが不思議だ。

ユミルは戸締まりをしてから、籠《かご》をぶら下げて家を後にした。

町に出ると、賑《にぎ》わいの声が辺《あた》りから聞こえてくる。時刻はちょうど昼頃。町が活気づいてくる時間帯だ。通りには昼食を食べに出てきた人々や家族連れの姿が見える。

ただ人が多く集まれば、それだけトラブルや諍《いさか》いが増えてくる。あるいは犯罪まがいの行《おこな》いを考える者も出てくるだろう。

だが実際に、それが起こることは滅多《めった》にない。もしそんなことをすれば、酷《ひど》い目にあうのがわかりきっているからだ。

「いつもの通りだが、この時間帯から市民同士のトラブルが増え始める。注意を怠《おこた》らないように。もし人手が足りなければ無理に対応せず、応援要請を躊躇《ためら》うな。では、解散」

町の治安維持を任された警備隊の一団。中央にいる者が他の者たちに命じると、それぞれが二人一組となって方々に散っていく。ユミルはその中で、最後にその場に残った男性に声をかけた。

「こんにちわ、警備隊長さん」

「あ、ユミルさん」

引退したイノフの後を継ぎ、若くして警備隊長を任されたヒルズだ。少し前までは責任感が強すぎて色々と空回っていたようだが、今では立派な隊長として市民から信頼を寄せられるようになったと聞く。

現役時代のイノフは、ヒルズのことを目にかけていた。自宅に招き、夕食をともにしたことも幾度もあった。気の置けない仲である。

「つい声をかけてしまったけれど、お邪魔じゃなかったかしら？」

「いえ、これから巡回しようとしていたところでしたので。ユミルさんは今から隊長――」

思わず口に出た言葉を呑み込み、ヒルズは咳払いをする。それを見たユミルはくすくすと笑ってしまう。

「今の隊長さんはあなたでしょうに」

「いえ、普段はそうでもないいんですが、時折ふと口に出てしまって。特に、ここ最近はどうにも」

ヒルズは恥ずかしそうに頭を掻《か》いた。彼にとってイノフはそれだけ大きい存在だったのだろう。

イノフが警備隊長を引退してからは疎遠になっていたが、相談役として警備隊との関わりが復活して、誰よりも喜んだのはヒルズに違いない。

「……それで、ユミルさんはこれからイノフさんのところに？」

「ええ、そうよ」

「イノフさんは今は屯所《とんしょ》にいると思いますよ。ご一緒しましょうか？」

「大丈夫よ。これ以上お仕事の邪魔をするのもよくないし」

「そうですか……。では、我々はこれで失礼します」

ユミルに会釈をしてから、ヒルズは警備隊の一人とともに賑《にぎ》わいのある町のほうへと歩き出した。その堂々とした姿に、頼りないとされていた頃のそれは感じられなかった。町の治安を守る立派な警備隊長になったと、誰もが頷くだろう。

「あれでもうちょっと筋肉が増えれば言うことなしね」

ユミルは微笑んでから、改めて歩を進めた。

警備隊の屯所《とんしょ》の入り口にいた門番の隊員から、イノフは鍛練場にいると教えられる。本来なら部外者は立ち入り禁止だが、元警備隊長であり、現相談役のイノフの妻であるユミルのことは快く通してくれた。

屯所《とんしょ》に訪れた回数は数知れず、もはや第二の家のようなものだ。迷わずに鍛練場に向かえば、巡回の任務がない面々が走ったり剣を振るって模擬戦《もぎせん》をしたりしている。

そんな彼らを、真剣な表情で見据《みす》えているイノフの姿があった。

「あなた」

「ユミルか」

「お昼ご飯、持ってきたわ」

「いつも悪いな」

「好きでやっていることだもの」

これまでも何度も交《か》わされた会話。短いながらもこちらを気遣う言葉に、ユミルはついつい頬が緩んでしまう。

鍛練場の片隅に植えられた木の側《そば》にシートを広げ、昼食を取り出す。他の隊員たちも昼食を食べに行ったようだ。

「どう、調子のほうは」

「悪くはないいな」

「よかった」

イノフの「悪くはない」は「とてもいい」だ。

夫が相談役となってから、ユミルはこうして夫に昼食を持ってくるようになっていた。イノフが元気を取り戻せたのは嬉しいが、その一方で家を空ける時間が長くなったのを寂しく思っていたのだ。

イノフも最初は朝に持たせてくれればと口にしていたが、妻に寂しい思いをさせるのは望むところではないので、ユミルの好きなようにさせていた。

食事中の会話はいつも少ない。結婚してからずっとそうだ。ただ、料理の出来は夫の様子を見ればわかる。どうやら今日の昼食は満足してもらえたようだ。

昼食を終えて屯所《とんしょ》を後にしたユミルは、家に帰る前に夕食の買い出しをすることにした。

「ありがとうね、グスコちゃん」

「ちゃん付けはいい加減やめてくれないか、ユミルさん。もういい大人なんだ」

「あら、私にとってはいつまで経ってもあなたは可愛い近所の子供よ」

「全く、敵《かな》わないな」

買い物を終えて帰路についたユミルだったが、今日は少しばかり買いすぎた。それでもどうにか買い物袋を抱えて歩いていたところに声をかけてきたのは昔、近所に住んでいたグスコだ。重たい荷物を抱えたユミルを見かねて、荷物持ちを買って出てくれたのだ。

「ユミルさんはイノフの爺《じい》さんに昼食を届けた帰りかい？」

「ええそうよ。あの人ったら、最近は毎日とても楽しそうでねぇ」

「俺には、あの爺《じい》さんが笑った光景が想像できない」

「それは付き合いの長さよ。これでも人生の大半を一緒に過ごしたんだから」

いい意味でも悪い意味でも、グスコはイノフとユミルの世話になっていた。悪さをすればイノフに頭に拳骨《げんこつ》を落とされ、泣いた幼い彼を慰《なぐさ》めるのはユミルの役割だった。

「それで、グスコちゃんはいつまでこの町にいるのかしら」

「今週中だ。町長もハンターに、警備隊の穴埋めを頼むような依頼を出さなくなったからな。これで後腐れなく町を出られる」

「寂しくなるわね」

本心ではあるが、老い先短い者が、先のある者を引き留めてはよくないのもわかっている。だからこそ、笑顔で見送ってやるべきなのだ。

「予定が決まったら教えてね。あの人と一緒に見送らせて頂戴《ちょうだい》」

「ああ、わかった」

微笑みを浮かべたユミルに、グスコも笑顔で答えたのだった。


家に帰り、夕食の支度をしながらふとユミルは思った。

とても不思議な子だった。

見た目は少女だというのに、話しているとそのことを忘れてしまう。話の波長が合うと言えば正しいのだろうか。まるで同世代の友人と話しているような感覚だった。

あの少女と少しでも触れ合った者であれば、皆が等しく感じていただろう。疑問を抱《いだ》いていたはずだ。だが、ユミルにとってはどうでもいいことだ。あの少女がとてもいい子で、自分の友人である事実に変わりはないのだから。

彼女のお陰で、夫は新たな生きがいを得た。彼だけではない。彼女によってこの町は少しだけいい方向に向かったのだろう。そのことを、今日も町を歩いて感じられた。

「また会えるかしらね、ラウラリスちゃん」

ふと、そんな言葉がユミルの口から漏れる。

言葉に出してから、彼女はクスリと笑った。どうやら自分で思っていた以上に、あの少女に会えない日々に寂しさを抱いていたようだ。知り合って半年にも満たない関係ではあったが、まるで十年来の友人と別れたような気持ちだ。

だが、人生というのはそんなもの。沢山《たくさん》の出会いと同じくらい沢山《たくさん》の別れに溢《あふ》れている。自分たちの子供が家族を得て、巣立っていった時だって、やはり強い寂しさを覚えたものだ。

けれども、その寂しさを埋めてくれるものもやはりあるのだ。

扉が開く音が聞こえると、ユミルは調理の手を止めて玄関に向かった。

「帰ったぞ」

「お帰りなさい、あなた」

夫の帰宅を、妻は温かく微笑んで迎え入れた。

ユミルの顔を見たイノフは、首を傾《かし》げた。

「あら、どうかしたの？」

「いや、随分《ずいぶん》と楽しそうな顔をしていたからな」

「今日も私の夫はカッコいいなって」

「……お前はすぐにそうやって」

今朝《けさ》と同じように、照れたイノフが恥ずかしげに視線を逸《そ》らす。それを見ただけで、一抹《いちまつ》の寂しさを感じていた胸の奥が温かくなる。


——これは、とある老婆の何気ない一日である。

{原作} ナカノムラアヤスケ
{漫画} 文月路亜
RC Regina COMICS
転生ババァは見過ごせない！
元悪徳女帝の二周目ライフ
1
アルファポリスWebサイトにて好評連載中!!!
待望のコミカライズ!!
大好評発売中！
元悪徳女帝が少女に転生!?
悪党を薙ぎ払う最凶少女、降臨!!
恐怖政治により、国を治めていたラウラリス・エルダヌス。彼女の人生は、勇者に討たれ幕を閉じた。――はずが、三百年後、少女の姿で元女帝が大復活!? 自らの死をもって世界に平和をもたらしたラウラリスを称え、神様が人生やり直しのチャンスをくれたらしい。第二の人生は平穏気ままに暮らしたいが、いつの世にも悪い奴らはいるもので……
アルファポリス 漫画 検索
ISBN：978-4-434-29747-2
B6判／定価：748円（10%税込）

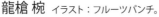

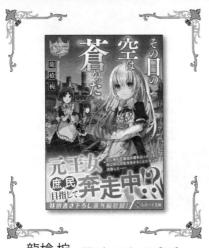

本書は、2019 年 12 月当社より単行本として刊行されたものに書き下ろしを加えて文庫化したものです。


この作品に対する皆様のご意見・ご感想をお待ちしております。

おハガキ・お手紙は以下の宛先にお送りください。

【宛先】

〒 150-6008 東京都渋谷区恵比寿 4-20-3 恵比寿ｶﾞｰﾃﾞﾝﾌﾟﾚｲｽﾀﾜｰ 8F
（株）アルファポリス　書籍感想係

メールフォームでのご意見・ご感想は右のＱＲコードから、
あるいは以下のワードで検索をかけてください。

アルファポリス　書籍の感想　検索

ご感想はこちらから

RB

レジーナ文庫

転生《てんせい》バハァは見《み》過《す》ごせない！ 1 ～元悪徳女帝《もとあくとくじょてい》の二周目《にしゅうめ》ライフ～

ナカノムラアヤスケ

2022 年 7 月 20 日初版発行

文庫編集ー斧木悠子・森順子
編集長ー倉持真理
発行者ー梶本雄介
発行所ー株式会社アルファポリス
〒150-6008 東京都渋谷区恵比寿4-20-3 恵比寿ｶﾞｰﾃﾞﾝﾌﾟﾚｲｽﾀﾜｰ8階
TEL 03-6277-1601（営業）　03-6277-1602（編集）
URL https://www.alphapolis.co.jp/
発売元ー株式会社星雲社（共同出版社・流通責任出版社）
〒112-0005 東京都文京区水道1-3-30
TEL 03-3868-3275
装丁・本文イラストータカ氏
装丁デザインーAFTERGLOW
（レーベルフォーマットデザインーansyyqdesign）
印刷ー中央精版印刷株式会社

価格はカバーに表示されてあります。

落丁乱丁の場合はアルファポリスまでご連絡ください。

送料は小社負担でお取り替えします。


ISBN978-4-434-30547-4 C0193